最初に
反応したのはパーシェだ。
ポロポロと大粒の涙を
流し始めた。
再現使いは
帰りたい6
赤雪トナ
Tona Akayuki
illustration toi8

「宣言せよ、
この先とともにあると」
「ヘイタと共に」

「エラメーラ様と一緒に」

目を開けると腹に馬乗りになっていた
元気いっぱいなミナと目が合った。
「おはよーパパ！」

戦衣装に身を包んだ
ララから、
蒼穹《そうきゅう》の光が発せられる。

合同結婚パーティー。
ドレス姿の
エラメーラがいる……。
ミレア、ロナ、パーシェも
ドレスを着て
祝福されている。
多くの者が笑顔あふれる
楽しそうな未来だ。

INTRODUCTION

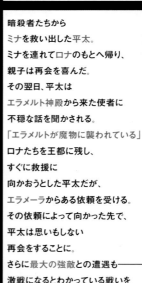

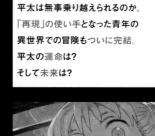

▶平太の異世界譚《いせかいたん》、ついに完結!

暗殺者たちから
ミナを救い出した平太。
ミナを連れてロナのもとへ帰り、
親子は再会を喜んだ。
その翌日、平太は
エラメルト神殿から来た使者に
不穏な話を聞かされる。
「エラメルトが魔物に襲われている」
ロナたちを王都に残し、
すぐに救援に
向かおうとした平太だが、
エラメーラからある依頼を受ける。
その依頼によって向かった先で、
平太は思いもしない
再会をすることに。
さらに最大の強敵との遭遇も――――。
激戦になるとわかっている戦いを
平太は無事乗り越えられるのか。
「再現」の使い手となった青年の
異世界での冒険もついに完結。
平太の運命は?
そして未来は?

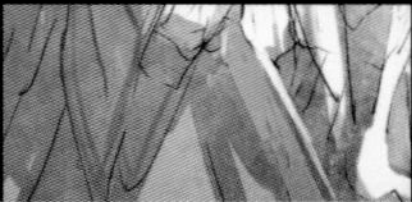

再現使いは帰りたい　6

赤雪トナ

ヒーロー文庫

再現使いは
帰りたい6
Saigentsukai ha kaeritai

CONTENTS

illustration toi8

イラスト／toi8
装丁・本文デザイン／5GAS DESIGN STUDIO
校正／佐久間恵（東京出版サービスセンター）
DTP／鈴木庸子（主婦の友社）

この物語は、小説投稿サイト「小説家になろう」で
発表された同名作品に、書籍化にあたって
大幅に加筆修正を加えたフィクションです。
実在の人物・団体等とは関係ありません。

第三十九章　出発のち騒動

　エラメルトに戻ってから数日経ち、平太《へいた》はガブラフカの使いに呼ばれてフォルウント家を訪れる。

　数日留守にしていた平太に使用人たちは不思議そうな顔で挨拶《あいさつ》をし、仕事に戻っていく。平太の当主就任が嘘《うそ》だとまだ教えられていないのだ。

　執務室前に着くと、ノックして返事を聞き扉を開く。部屋の中にはガブラフカのほかにブルナクと見たことのない男がいた。

　清潔感のある四十才手前くらいの丸刈りの男で、とても緊張した様子だ。

「ヘイタ様、お待ちしていました」

　立ち上がり平太を歓迎するガブラフカ。

　ガブラフカの想い人であるセレンノアの主治医から話を聞けるようになり、平太に来てもらったのだ。

「やあ、数日ぶり。そちらの男は初めて見るけどどちらさん？」

「こちらは彼女の主治医です」

「ああ、例の。薬草などの返答を聞かせてもらえるんだね」

ガブラフカは頷《うなず》き、主治医に話しかける。

「私にもした話を、あちらの方にも頼む」

主治医は恭《うやうや》しく頷いて、平太へと体を向ける。ガブラフカが格上の者として扱っているため、平太に対しても緊張した様子だ。咳払《せきばら》いして調子を整えて口を開く。

「初めまして。私はセレンノア嬢の主治医をしているヘルートと申します」

「丁寧にどうも。秋山平太《あきやまへいた》といいます。セレンノア嬢の体質改善に使えるかもしれない薬草を取りに行く者ですね」

「そのように聞いています。その薬草について詳細をお願いできますか？」

「ええ、地元の買い取り所から聞いたのですが」

草の形、いつどこで生えるのか、どのような薬に使われているか、その効能。そういったことを知るかぎり話す。

主治医は真剣な表情でときおり頷き聞いていく。平太の話が終わると、少し考え込んでから口を開く。

「聞いて判断したところ、その系統の薬草に拒絶反応を起こす可能性は低いと思われます。絶対とは言い切れないので、一度薬を作り少し飲ませて反応を見るといったことをしなければなりません」

一度聞いたときから予想済みのことでガブラフカは頷く。

「あとはセレンノア嬢は病気ではないため、一度薬を飲めばそれで回復するわけではありません。飲み続ける必要があります。さらに作られた薬は効果が強いと思われます。ですので彼女にとっては毒にもなりえます。一つの薬を一ヶ月かけて少しずつ飲み、徐々に回復といった手段をとった方がよろしいかと。飲み続ければ必要な薬の量は減り、十年もすると半年に一回薬を飲むだけで、普通の暮らしができるようになると思います。最後にこれは私の診断なので、念のためほかの医者にも診断してもらう方がいいでしょう」

伝えるべきことを言い終えて、ヘルートはひと仕事終えたとほっと胸をなでおろす。

「なるほど、わかった。薬作りはあなたに任せた方がいいのかな？」

ガブラフカが聞くと、ヘルートは首を横に振る。ヘルートも薬を作ることはできるが、フォルウント家ならばもっと腕のいい薬師《くすし》にあてがあるだろうと思ったのだ。ヘルート自身はその薬師に、セレンノアの体質などについて説明するだけのつもりだ。

そう説明されてガブラフカは納得する。

「では薬師が手配できたら、また来てもらいたい」

「わかりました。では今日は帰ります」

「礼はのちほど届けてもらう。今日はありがとう」

ヘルートは頭を下げて部屋から出ていく。ヘルートは患者を取られた形になるが、十分な礼をもらえることが決まっていて、この方がセレンノアも元気になるとわかっているので気にしない。

「説明は終わったし、薬草を取りに行ってくるよ?」

買い取り所からの許可はすでに得ている。そのとき採取したものは一度どこの買い取り所でもいいから持っていってくれと言われていた。どれくらい採取したのか、今年の植物の様子はどんな感じなのか調べるためだ。買い取り所を通さずに売ると、盗みと同罪になることも付け加えられた。

平太はそれを了承した。採取したものはいくらか国に渡さなければならないと覚えていたので、買い取り所には最初から行くつもりだったのだ。

「はい、お願いします。どれくらい時間がかかるかわかりますか?」

そうだねと平太は移動にかかる時間などを脳内で予測していく。車での移動は過去で何度もやっているため、それを基準にする。バラフェルト山での移動は、買い取り所で聞いたことを基にして、おおよその時間をわりだす。

「早くて五日。ハプニングがあっても二十日くらいだろう」

バラフェルト山の周囲にある森まで、エラメルトから徒歩三日だ。車を使えば一日で到着でき、そこから徒歩で森を抜けて山に入るのに一日。山に入って必要なものを探すのに三日もあれば十分だろうという計算だった。

ロアルの動向も計算に入れていて、山に入れないロアルは麓《ふもと》でグラースと待っていてもらうつもりだ。

「わかりました。それに合わせられるようにこちらも準備を進めておきます」

その準備にはセレンノア嬢との使い魔ごしではなく、直接対面も含まれている。そのことがガブラフカには気がかりだった。

手紙を通しての交流では、好意は感じられ嫌われていないと断言できる。だが直接会ってから嫌われるかもと思うと、出向くのに足が竦《すく》む。

そういった思いを心の中に隠し、ガブラフカは平太にお願いしますと頭を下げた。

用事は終わり帰るという平太をガブラフカが引き止める。

「もう一件、お伝えしたいことが」

なんだろうかと視線で先を促す平太。

「この国の王があなたと一度会いたいと連絡をしてきまして。断ることもできますが、どうされますか」

「断ることでこの家に不利益が生じたりは？」

「ありませんね。貸しが一つ減るくらいでしょう」

「じゃあどういった目的で会いたいと言っているのか、そこらへんはわかる？」

「あなたを取り込めたらという考えはあると思いますが、絶対にそうしたいとまでは思っていないかと。王族にはフォルウント家の血も混ざっていますから、一度くらいは先祖に会ってみたいという好奇心もあると思います」

百三十年ほど前の王子とフォルウント家直系の娘が恋仲となり、嫁いでいったのだ。王子は王となり、その子孫が現在の王だ。

「仕えないかという誘いは断るとして、好奇心か」

悩む様子を見せる平太に、ガブラフカは判断の一つとして付け加える。

「私としては一度くらいは会ってあげてほしいというところですね」

「それはまたどうして」

「彼にも息抜きが必要だと思うのです。若くして王位を継ぎ、いろいろと大変な思いをしていますから」

「まあ、一度くらいならいいかな。あ、大げさに場を整えたりしないでね。ちなみに王は今何才？」

「私の二つ下、二十歳《はたち》ですね」

王になったのは何才かという平太の質問に、十六才だと返ってくる。

「若いな。なんでまた、そんなに若く」

「病弱な第一王子と思慮の足りない第一王女のあいだで、王位継承の問題が起きかけまして。それを見た先代王が、年の離れた第三王子を次期王に決定しました。第二王子は他国に婿入《むこい》りしていたので、第三位継承権を持っていたのが第三王子だったのです」

「争うような奴にはやらんってことか」

「いやまあ、第一王子自身は争うつもりはなかったと思うのですよ。その周囲が張り切りすぎてまして」

第一王子は王としての仕事に耐えきれそうにないと辞退を考えていたが、母親とその実家が欲に目が眩《くら》んだのだ。

第一王女の周りには、第一王子の権勢が弱いと見て、第一王女を煽《おだ》てて権力を得ようとした者たちが集まっていた。第一王女の周囲にまともな人材が集まっていれば王もそちらを指名したが、不安がある者たちが多かったのだ。

フォルウント家にも両陣営から協力の要請がきていたが、きっぱりと断っていた。そういったものに関わらないと建国当初から告げているのだ。

こういった流れをガブラフカは平太に話す。

「第三王子は問題なかったということか」

「これから問題ない方向に育てられるという考えもあったと思いますよ」

「育てるって考えていたのに、さっさと王にしたんだな？」

「第一王子と第一王女の周辺に文句を言わせないため、さっさと交代を進めたと聞いてますね」

教育不足で王となり、苦労しているというのが王の現状だ。先代王がまだ生きていて頼りにできるとはいえ、一国を背負う重圧はかなりのものなのだ。

「大変そうだな」

「ええ、大変だと思います。私が背負ってるフォルウント家でも重いと思いますから、国という重みはどれくらいのものか」

平太も想像できない重さだ。そういった重さを背負ったことのない平太がいくら想像しても、王が背負っているものには到底及ばないだろう。

気晴らしになるようなことができればいいがと思いつつ、平太はエラメルトへと帰る。

エラメーラの部屋ではなく、エラメルトの町入口に転移し、家に帰る前にロアルのところと買い取り所に寄る。

今日も店番をしていたロアルの様子を窺《うかが》い、客が途切れたタイミングで声をかける。

「こんにちは」

「あ、いらっしゃい。なにか買いにきた？」

違うと平太は首を振って、山に行くことを告げる。

「バラフェルト山に行こうと思ってる。明日には出発のつもり。そっちの都合が合うならどう？」

「ちょっと急ね。でも大丈夫。いよいよ私も森に入ると思うと緊張するわ」

「グラースに守ってもらうからあまり緊張しなくてもいいと思うよ。まずは慣れることだけを考えるといい」

「そうね。そうさせてもらうわ」

「じゃあ、俺はこれから買い取り所に出発を報告してくる。明日は朝に迎えにくるから、ここで待ってて」

「わかった。また明日」

ロアルに見送られてその場を離れた平太は買い取り所へと向かう。

職員に明日バラフェルト山に向かうことを伝えると、職員からできればでいいのでと前置きされてから、いくつかの採取を頼まれる。積極的に探しはしないがそれでもいいならと平太は受けた。採取物のリストを受け取り、家に帰る。

「ただいまー」

「おかえりー」

平太の声を聞いたミナが駆け寄って抱き着いてくる。

そのミナの頭を撫《な》でながらリビングに入ると、住人が勢ぞろいしていた。

「明日からロアルとグラースを連れて、バラフェルト山に行ってくるから」

椅子《いす》に座り、膝《ひざ》に乗せたミナに構いながら以前から伝えていた予定を話す。

「フォローはグラースだけで大丈夫？」

ロナの疑問に、平太は頷《うなず》きを返す。ロナから見てロアルは、同行者というにはまだ実力不足ということなのだろう。

「聞いた話だと魔物の強さは問題なく対処できるものだから。注意するのは毒を持った草や虫の方。それもあの山に何度か入った人から話を聞けて、経験と知識を再現できるようになっているし大丈夫。付け加えて、帰りは転移だから行きだけ気合いを入れればいいからね」

「聞けば聞くほど便利な能力よね」

「便利なだけならよかったんだけどね。始源の神に目をつけられて過去に飛ばされるし」

トラブルが生まれるのだからプラスマイナスゼロだったかとロナたちは思う。

「怪我《けが》しないでね？」

「うん、ありがと」

危ないところに出かけるのだろうと、心配そうに見上げてきたミナの髪を撫《な》でながら平太は礼を言う。

昼食後、ミナがグラースと一緒に昼寝をするのを見届けてから平太は家を出る。向かう先はファイナンダ商店だ。

店員にこんにちはと声をかけて、パーシェがいるか尋ねると頷かれ、応接間に案内される。

「いらっしゃいませ、アキヤマ様」

「こんにちは。今日は以前から頼んでいたバラフェルト山に入るのに必要な道具を受け取りにきたんだ」

「用意していますよ。帰り際にお渡ししますね。そろそろ向かわれるのですか？」

「うん。明日からね」

「怪我などには気をつけてくださいね？」

「怪我とかしないために、準備はきちんと整えてるから」

平太はパーシェを安心させるように笑みを浮かべる。それにつられてパーシェも笑顔になる。

「山で採取してくるもののリストはできてる？」

「はい。こちらになります」

持っていた封筒を平太に渡す。渡されたそれの中身を平太は確認する。

三十ほどの名前と特徴がずらりと並ぶ。それは買い取り所でもらったリストとかぶるものが多かった。

「それをすべてとは言いません。三種類は確実に、五種類あったらありがたい、といった感じですね」

「三種類では少ないと思うんだけど」

「そうでもないです。山の素材が直接手に入るというだけでも十分ですからね。それに実家の方でも人を雇って入手していますから」

「ああ、俺以外にもいるなら少なくてもいいか」

納得し、封筒にリストを戻す。

山に関しての話はそれで終わりとして、雑談に移る。一時間ほどいろいろと話して、シユーサに行ってみたいというパーシェとデートの約束もして、店から出る。

頼んでいた軽量符や山にある毒草などに効く薬なども忘れず受け取る。その代金は採取してきたものを店に売ったときに引かれる予定だ。質の良いものを準備してもらったが、採取してきたものを渡せば十分な利益が出る。

翌日、ロアルと合流してエラメルトを出た平太は一緒に少し歩き、町から十分離れたところで車を再現する。

「これってバスの小型版？　初めて見た」

ロアルは驚きながらそっと車体に触れる。

「これに乗って森まで移動するよ」

「運転できるの？」

「大丈夫。過去で何度も乗り回したし、こっちに帰ってきてからもこれでミナを連れて出かけたから」

後部座席を倒して、二人の荷物を入れて、グラースも乗せる。

「ロアルは前に」

助手席に座ったロアルにシートベルトをつけてもらい、平太はエンジンをかける。

「個人で使えるとか移動が便利すぎるわね」

「実際すごく役立ったよ」

答えながらアクセルを踏んで、すぐに東南東へ車を走らせる。

馬車やバスとすれ違いながら走っていると、前方に森と山が見えてきた。山は全体が木でおおわれていて、ぽつんぽつんと開《ひら》けた場所が見える。

森に入る前に休憩をとっているらしいハンターたちのテントも三つほどあった。

そういったテントから離れたところで車を止めて、荷物をおろす。車は目立ち、テントにいた者たちから注目を浴《あ》びていたが、平太は気にせず荷物を持って森へと向かう。

「注目浴びてるわね」

「気にしない気にしない。そんなことよりも森に入る準備の再確認だ」

「うん」

これから森に入ると、山に着く前に夕方になり、夜を過ごすことになるかなと平太は考える。

「グラース、しばらく自由に動いていいよ。ここまで狭くて退屈だったろ」

そうするとばかりにグラースは短く吠《ほ》えて、一足先に森に入っていった。

「グラースいなくて大丈夫？」

「俺も森歩きは慣れてるから。気になるものがあっても勝手に離れないようにね」

「わかってる。私も進んでトラブルを起こしたくない」

平太にはアロンドたちと森を歩いた経験があり、加えてサフリャの村の近くにできたグラースたちの縄張りには何度も足を運んでいた。事前に注意点も聞いているので、よほど油断しなければ無様な姿をさらすことはない。

自身の経験とここに入った者の知識を再現したおかげで、どこが危ないか、どのように歩けば危険を回避できるかわかり、平地を歩くようにすいすいと進む。どこが危ないといったアドバイスをロアルにする余裕もある。

平太の頼もしさにロアルは危険とされる場所であっても大きな安心感を得ていた。

森の中はやや騒がしい。前方から魔物の騒ぐ音が聞こえ、それにつられて虫や鳥が騒いでいた。

「グラース張り切ってるなー」

「グラースが魔物と戦ってるの？」

「俺たちに近づいてきそうな魔物の排除や鍛錬目的で戦っていると思う」

平太の考えは当たっている。グラースは散歩ついでに平太の邪魔になるような魔物を追い払っているのだ。ついでに強くなるための戦闘も行っている。そのおかげで平太たちは戦闘もなく楽ができていた。

ロアルも戦闘に気を割かずにすんで、森の歩き方の習得に集中することができた。

ファイナンダ商店と買い取り所のリストに載っていた植物などが進路上に見えたら、立ち止まり採取して進む。

スムーズに進んでいるので、予定していた森の踏破時刻よりも早く山に入ることができるだろう。

外で森に入る準備をしていたハンターたちが知れば、その速度に驚くこと間違いない。

そうして日が暮れ始め、ここらで野営をと考え、足を止めた平太にグラースも気づき戻ってくる。

「お、魔物の鹿をとってきたのか。ちゃっちゃと処理して、夕飯に使おう」

「剥《は》ぎ取りと料理はまっかせて！　ここまで楽させてもらったからそれくらいはやらないと」

平太はそれらを任せてグラースの汚れなどを落としていく。ロアルが手慣れた様子で血抜きや皮剥《かわは》ぎを行っているうちに日が完全に暮れる。

ロアルが鹿の処理をしている間に平太は火をおこし、明かりの札も使って明かりを確保しておいた。

「先にこっちを食べててな」

ロアルからもらった内臓をグラースに渡し、食べる様子を眺める。その間にロアルがもも肉などに調味料で下味をつけて串に刺し、火のそばに置く。ほかに周囲の野草を使って肉片入りのスープも作っていく。

じりじりと肉が焼けている間に、スープも良い匂いを周辺に漂わせ始める。グラースもそれらをじっと見ている。

「そろそろかな。熱いから気をつけてね」

ロアルは肉から串を外して、皿と一緒にグラースの前に置く。それをグラースは弱い冷風をあてて冷ましていく。

平太も少しだけ肉を冷まし、かじりつく。肉汁と脂があふれ、串を伝って指につく。それをなめて、平太は頷《うなず》く。

「強めの魔物の肉だけあってシンプルな味付けでも美味いな」

「ガウ」

同意だとグラースが吠《ほ》えた。

笑った平太は汚れていない方の手でグラースの頭を撫《な》でて、もう一方の手に持った肉をいっきに食べていく。それをロアルは満足そうに見て、自分もと焼けた肉を食べる。

スープはインスタントスープの素を使ったので味はそこそこだが、口の中に残る肉の旨《うま》味《み》と主張しすぎない野草の風味が合わさって良い感じに味が引き上げられた。

「ごちそーさんっと。ミレアさんの料理も美味しいけど、こっちも美味しかった。さすが肉を扱う店の娘だな」

「ありがと。でもこんないい肉なんだから本格的に調理したかったわ。それならもっと美味しくなったでしょうに」

二人で使った串や鍋をささっと洗い、火に枯れ枝をくべる。

周囲に魔物の気配はあるが、明るいうちに暴れたグラースを警戒して近寄ってくることはない。

「これだとリストにある魔物の素材は無理だろうなぁ」

「そうなの？」

「グラースの方が格上だってわかったから、空腹とかじゃないと近づいてこない」

まあいいけどと思いつつ、平太はグラースの毛をゆっくり梳《と》いていく。

ロアルから過去にあったことを聞かれ、それを話しながら静かな時間が流れていく。魔物の襲撃もなく夜が更け、朝が来る。

朝食は昨日の肉の残りを食べて、火の始末をきちんとすませて出発する。グラースはどこかに行くことなく、平太たちの隣にいる。

一緒に進んで一時間ほどで、平太たちは山のそばに着いた。

「ここからは俺一人で行く。ロアルはグラースと一緒にここらの魔物と戦ってみるといい」

「うん。気をつけて。あ、合流はどうする？」

「こっちで気配を追うから大丈夫。ここからあまり離れすぎないでくれると助かるかな」

頷《うなず》いたロアルに見送られ、平太は山へと向かう。ロアルもグラースに連れられてその場から少しだけ移動していった。

平太は山と森の境を歩きつつ周囲を見渡す。

「再現した記憶によると、整備されていない道があるんだっけ」

ここらに来たことがある者の記憶を再現し、それらしき道を探す。人が何度も通って道のようになったもので、歩きやすいものではないようだ。

平太は周辺を探すが見つからず、このまま登るかと山に踏み入る。目指すは山頂ではなく、中腹より少し上くらいだ。目的の薬草はそこに生えている。

三十分ほど歩いて完全に山に入ると、魔物の注目が集まりだす。

「グラースがいないからか。魔物の素材も欲しいからちょうどいい」

魔物の気配に囲まれつつ、平太は山を登り続ける。しばらくすると木々の向こうから黒地に黄色の斑点《はんてん》の山猫のような魔物が姿を見せ、濃く深みのある青い目で平太を見ている。大きさは雌《めす》のライオンほどだろう。再現した記憶から名前はトパーズキャットだとわかった。

敵意を平太に向けて、今にも飛びかかってきそうな体勢だ。

「ハンターを始めたばかりの頃だと震えて逃げだしそうな気配だなぁ」

今の平太に逃げだそうという気持ちは皆無で向けられた敵意を平然と受け止めている。

平太が剣の柄《え》に手をかけると、それに反応しトパーズキャットが飛びかかってくる。

平太は剣を抜いて、少しだけ横に移動して避けながら剣を振り、トパーズキャットの顔を斬り裂く。悲鳴を上げて着地したトパーズキャットへと追撃するが、それは避けられた。

「逃げるかな」

このやり取りで実力差を感じ取ったなら、逃亡はありえると思っていた。

だがトパーズキャットはこれくらいは軽傷と判断したのか、唸《うな》り声を上げて襲い掛かる。山で育ったトパーズキャットの動きに乱れはなく、木々も足場にしてあちこちへと動き回る。

それに翻弄《ほんろう》されることなく、平太は動きを読み、対応していく。自分から攻めることはなく、接近したトパーズキャットにダメージを与えていく。

傷があちこちにできて、毛皮を血で濡《ぬ》らし、さすがにこれ以上は無理と考えたらしいトパーズキャットの戦意が鈍《にぶ》る。

「ここまでやったんだから逃げられるのはもったいない」

とどめの意思を感じ取ったトパーズキャットは木々の向こうへ飛び込もうとしたが、平太の放った冷凍砲が命中し凍り動けなくなったところをとどめを刺された。

悲鳴もなく絶命したトパーズキャットへと平太は解体用のナイフを突き刺す。

「必要な部分は内臓だったか」

特に重要なのは心臓や肝で、胃腸はリストには載っていなかった。

心臓と肝を再度冷やして、軽量符と縮小符と時間操作符を使って小袋に入れる。一緒にトパーズキャットと書いたメモも入れて口を縛る。次に剥《は》いだ皮を丸めて、こちらも三種の札を使い袋に入れる。

もも肉を昼食用に切り分けて、ある程度をグラースのおやつとしてとっておく。

平太は解体でついた血と脂の汚れを落として、ナイフなどの手入れも行っていく。ひととおりの処理が終わり、血の臭いで魔物たちの注意も集まる。

「さっさと離れようかね」

剥ぎ取りの残りを放置して平太は先を進む。残った肉に魔物が群がる気配が後方からしていた。

トパーズキャットのように向かってくる魔物のみを相手して、その魔物の素材やほかの

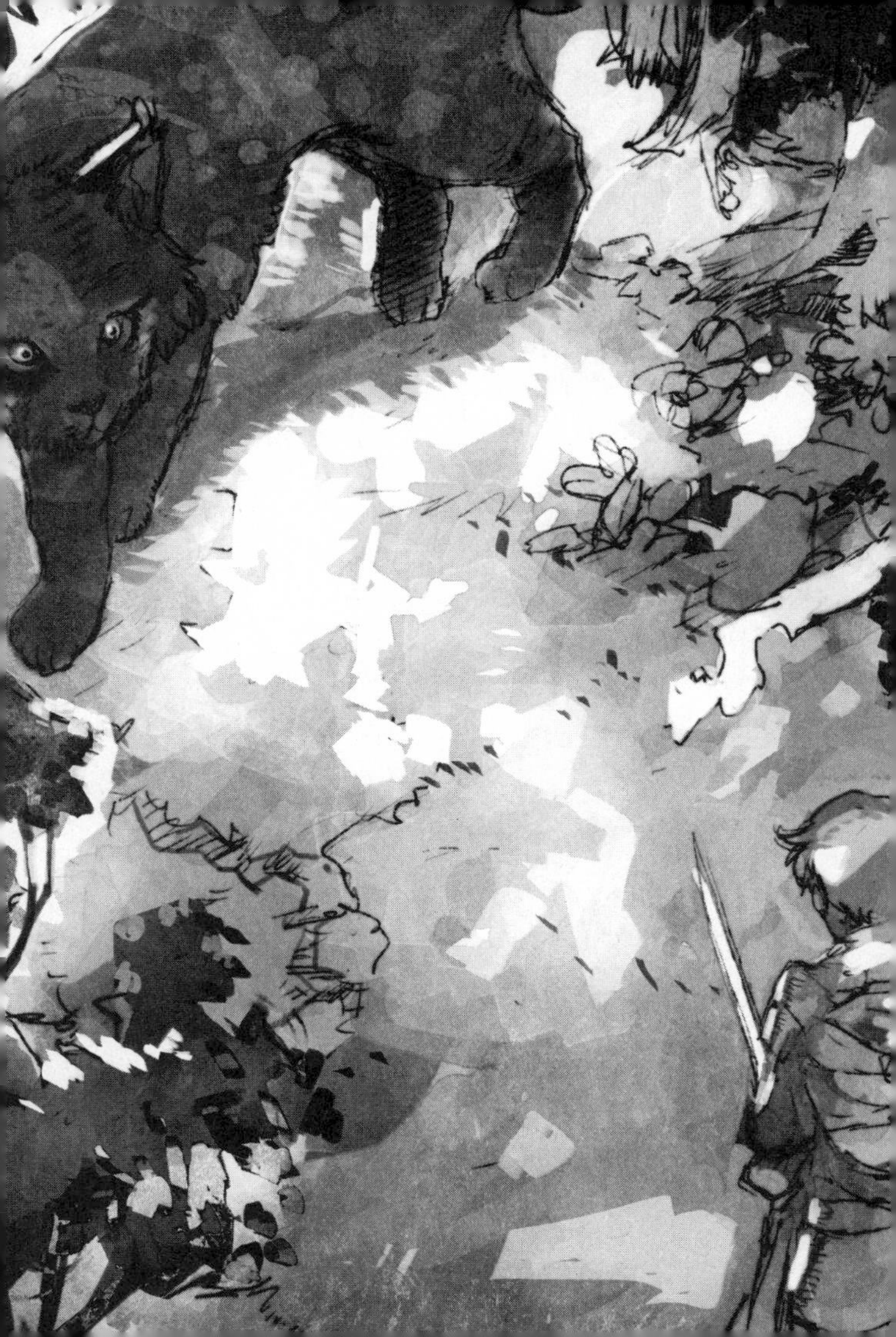

素材を回収して進むため、昨日ほど進みは早くはないが、昼過ぎには目的としていた中腹に到着した。

開《ひら》けた場所で止まり、そこから見える景色を楽しんだあと、目的の薬草を探す。

目的の薬草はビーインサトという名前で、ヒマワリに似た植物だ。開花はもう少し先のことで、今はまっすぐに立つ茎《くき》と葉があるだけだ。見た目はヒマワリよりも小さく、薄紫の花を咲かせる。

平太が周囲を見渡すと、高さ一メートルほどの植物を四本見つけることができた。

「あれかな」

そう言いつつ近寄り、茎や葉の特徴を調べていく。買い取り所で得た情報や再現した記憶にある特徴を持っていて、間違いないと判断する。

二本を丁寧に引き抜いて、根についた土を落とす。持ってきていた薄い布を広げて、その上にビーインサトを置き、包む。

「もう三本見つかればいいけど」

群生地からすべてを採取するのは禁じられていて、持っていくのは半分までと買い取り所から注意されている。すべて持っていっても買い取り所に確認のしようはないため、儲《もう》け優先のハンターはとれるだけとっていくが、やりすぎると真偽鑑定の能力持ちを呼ばれることになるのだ。そして規則を破ったことがばれると、その地方の買い取り所では仕事ができなくなる。

平太はエラメルトから動く気はないので、規則を破りいらないトラブルを発生させる気はない。

残った二本のビーインサトに赤い紐《ひも》を結びつける。この紐はここで採取しましたよというサインだ。

地面には枯れたビーインサトに括《くく》られていた赤い紐がいくつか残っている。

「移動しよう」

ビーインサトはこのような開けた場所に生えていて、次の移動先は同じく開けた場所になる。

次の場所でもビーインサトはあったが採取されていて、ほかの場所を探すことになった。三時間ほどかけて数ヶ所の開けた場所を巡り、必要分のビーインサトを入手できた。

それを探すついでに、リストに載っている薬草なども見つけていて、収穫はそれなりのものになっている。

「これだけ採取すれば稼ぎも十分だな。迎えに行こう」

日が傾き始めており、山を下りた頃には、木々に日が遮られ森は暗くなっているだろう。

忘れ物がないか確認して、平太は山道を駆けて下っていく。山に入ったところに戻り、そこから別れたところまで行くと、匂いを感じ取ったグラースが先導しロアルと一緒に平太に近づいてきていた。

「ただいまー」

平太がそう言い手を振ると、ロアルは手を振り返し、グラースは軽く吠《ほ》えてきた。

「おかえり。目的の薬草はあった？」

「採取できたよ。一日で終わってラッキーだ。そっちはどうだった？」

「ここらの魔物とは一対一ならなんとか戦えるね。そうさせてくれないから一人で来るのは無理だけど。それがわかったことや森を歩いたことで得た経験で十分な収穫ね」

「そりゃよかった。じゃあ帰ろう」

ロアルとグラースに近寄ってもらい、エラメルトの町入口へと転移する。

日は落ちていて、狩りを終えたハンターや仕事を終えた若者が酒屋などで騒ぐ声が聞こえてくる。

昼に比べて人通りが少ない道を平太たちは歩き、買い取り所前でグラースと別れる。先に家へと帰したのだ。買い取り所に入り、カウンターに行くと職員が不思議そうな顔をしていた。平太たちがバラフェルト山に行くことを知っていて、町を昨日出たことも知っている職員で、なにか急用があって戻ってきたのかと思ったのだ。

「確認お願いします」

バラフェルト山から採取してきたものを袋ごとカウンターに置く。ロアルも自身が狩った魔物や採取したものを置く。

「アキヤマさんたち、バラフェルト山に行ったはずでは？」

「行ってきましたよ？　これが採取してきたものです」

「え？　出発したの昨日ですよね？　いやいやいやないです、早すぎる」

戸惑う職員に無理もないとロアルが無言で頷《うなず》いている。

「移動手段があるんで、行き来が早いんですよ。まあ中身を確かめてもらえれば山に行ってきたとわかるはずです」

ややや納得してなさそうな顔で職員は袋を開けていく。だが出てきた素材を見て、目を見開いたあとにわずかに呻《うめ》く。すべての袋の中身を確認し、困惑した顔で平太たちに視線を向けた。

「すべてバラフェルトのものでした」

「うん。じゃあ返してもらいますよ？」

確認してもらった品を国に渡す分だけ残し袋の中に戻していく平太たちを見て、職員は売却しないのかと思う。バラフェルト山の素材はいつでも歓迎なのだ。

「えと、ここで売っていかないのですか？　状態もいいし、高めで売値がつきますよ」

「ファイナンダ商店にほとんど持っていくつもりですね。こっちで売る用もありますけど、少ないですよ」

買い取り所用にカウンターに残ったのは苔《こけ》とキノコと蔓《つる》がそれぞれいくつかだ。ロアルもファイナンダ商店で売るつもりで、国に渡すもの以外は回収している。

「これだけ買い取りお願いします」

「もう少し売っていただけるとありがたいのですが。ビーインサトとかどうでしょう？通常より上の買い取り額を出しますが」

ちょうど金持ちからの依頼が入ってきているのだ。早い受け渡しは買い取り所に対する高評価にも繋《つな》がるので売ってほしかった。

「あー、それだけは駄目なんですよ。ビーインサトを手に入れるために入山許可をもらいましたから。ファイナンダ商店にも売らない素材ですね」

「そうでしたか。残念です」

職員は肩を落として、カウンターに残っている素材の買い取り額を計算し、お金を平太に渡す。

これだけでも平太が宿暮らししたら一ヶ月は働かず暮らせるだけの額があった。国に渡したものも後日お金が渡される。

買い取り所を出た平太たちは、ファイナンダ商店に行き、店員に素材を預けてすぐに店を出る。次は神殿だ。ロアルは神殿に用事がないので、ここでお別れとなる。

「今回はありがとう。いい経験になったわ。また連れて行ってもらえると嬉《うれ》しい」

「いいよ。でも用事があるからすぐには無理だけどね」

「私もすぐじゃなくていいかな。今回の経験を生かして、動き方を考えたいし」

じゃあねと手を振り、ロアルは家に帰っていく。少しの間その背を見送り、平太も神殿へと向かう。

オーソンが喜んでくれるといいなと思いつつ、ビーインサトを持って神殿の敷地内に入った。

オーソンは医務室にいるか、それとも訓練場で体を動かしているか、どちらに行こうか考えている平太の近くに、小さなエラメーラが現れた。

「あ、お久しぶりです」

そう言う平太に、エラメーラは深呼吸をしたあとに返事をする。

「ええ、久しぶりね。私に気をつかってしばらく会いに来なかったのでしょう?」

「そうですね。なにがあったのか聞いても大丈夫ですか?」

「まだちょっと無理ね。あなたが悪いわけじゃないから気にしないでいいわ。それよりも伝えないといけないことがある」

「なんでしょう」

「ミナがさらわれたわ」

え?　と平太は首を傾《かし》げた。予想外の情報に聞き間違いかと思ったのだ。

第四十章　王都急行

「ミナの誘拐《ゆうかい》はつい四時間ほど前のこと」

「誰がさらったんですか⁉」

さすがに冷静ではいられず、エラメーラに詰め寄る平太。寄られた分だけ距離を空けつつエラメーラは答える。

「あの手口からすると、素人が突発的に行ったものではないわ。おそらくあの子の出自に関連しているのかもしれない」

「殺し屋組織でしたっけ」

「ロナから聞いていたのね。この町のどこかに監禁するのかと追ってみたけれど、転移で去っていった。身代金の要求もないし、ミナが目的でさらったとしか思えない」

「このことはロナたちには？」

「知らせてあるわ。ロナも急いで出ようとしたけど、ミレアに止められたわ」

実力が鈍《にぶ》ったロナでは取り戻せないだろうと判断し、ミレアは平太が戻ってきてから動くように言った。しかし平太の帰りを待ちきれないロナは出発しようとして、ミレアに気

絶させられたのだ。

「あなたはミナを助けに行くのかしら」

「行きます。さすがに見捨てることはできませんから」

「おそらくミナがいるのは王都。転移で生じた力の残滓《ざんし》があちらへと続いていたわ。国に協力を得られないか、リヒャルトから打診してもらえるよう手紙を書くから少し待っててほしい」

「ありがたい申し出ですけど、どうして協力をしてくれるんですか？」

「ミナがこの町の子供ということもあるし、理由も話さずに部屋から追い出した詫《わ》びもあるわ」

もう一つ口には出さないが、エラメーラは嫌な予感がしていた。ミナになにか悪いことが起こるというわけではなく、それとはまた無関係なことで平太の力を必要とすることがあるかもしれない。そのときに協力を得やすくするための下心もあった。

平太は隠されたことには気づかず納得した様子を見せる。

エラメーラは消えて、平太は医務室に向かう。そして受付の女性に話しかける。

「こんにちは。オーソンさんはここにいますか？」

「ええ、いますよ。彼になにかご用でしょうか」

「秋山平太が約束のものを持ってきたと伝えてもらいたいのですが」

わかりましたと女性は頷《うなず》いて、席を立ちオーソンのもとへと向かった。

三分ほどで、急ぎ足でオーソンがやってくる。その表情は明るい。

「アキヤマ君！」

「こんにちは、オーソンさん。約束のビーインサトです、どうぞ」

持っていた包みをオーソンに渡す。オーソンは割れ物を扱うように丁寧に受け取り、そっと抱きしめた。

「これが。ありがとうっ。ようやくカテラを元気にしてあげられるよ」

目の端に涙が滲《にじ》み、声もわずかに震えていた。

「いえいえ。これで恩返しがようやくできました」

人助けはしておくものだと思いながらオーソンはもう一度頭を下げる。

「カテラもお礼を言いたいだろうし、会っていってほしい」

「そうしたくはあるんですが、急ぎの用事ができまして。このあとエラメーラ様に会って、すぐに王都へ行かなくちゃいけないんですよ」

「帰ってきたばかりじゃないのかい？」

「そうなんですけど、悠長にもしていられなくて」

「わかった。用事が終わったらまた会いに来てほしいな。それと無茶して怪我《けが》なんかしないように。一見平気そうだけど、見えないところに疲れは溜《た》まるものだから」

平太は笑って頷《うなず》き、オーソンに別れを告げて、エラメーラの部屋に向かう。

そこでは手紙を書き終えて、平太を待つエラメーラがいた。平太が入るとインクの乾きを確認し、手紙を封筒に入れる。

「これをリヒャルトに渡せば大丈夫よ」

「ありがとうございます」

礼に頷くエラメーラの頬《ほお》がかすかに赤らんでいる。それに意識がミナのことに向いている平太は気づかなかった。

「ゆっくりとしていきたかったですけど、家に帰ることにします」

「ええ、気をつけてね」

神殿を出て、平太は足早に家へと戻る。

家の中に入り、まず平太が思ったことはいつもより静かということだ。この空気だけで、ロナたちの心情が暗いものだと想像がつく。

リビングへ入ると、ミレアが立ち上がり、ロナとバイルドは項垂《うなだ》れたままだ。グラースもこの空気にあてられたか静かにしていた。

「ただいま」

「おかえりなさい」

そう言ってくれたミレアの声音《こわね》もやや沈んでいるように思える。

「エラメーラ様からミナのことは聞いたよ」

「私たちもあの方からミナのことを聞きまして、公園に遊びに行ったはずなので確かめてみたら来なかったと子供たちから聞けました」

「エラメーラ様が言うには殺し屋組織が王都へと連れ去ったのだと」

「らしいですね。身代金の要求などまったくありませんから、そちらの可能性の方が高いと思います。ヘイタさん、探しに行きますか？」

「行くよ。王都にいる神への手紙ももらえた。王の助力かリヒャルト様の助力が願えると思う」

　落ち込んだままのロナが平太に近寄り、口を開く。

「私も行く。組織の場所を知ってるし」

「死んだって誤魔化しているのに正体をばらすことになるけどいいの？　今後の生活がこれまでどおりになるかわからないよ？」

「うぅっ……いいわ。それでミナを無事取り戻すことができるなら！」

　少しだけ悩んだロナは、ミナさえ無事ならばと自身の平穏を捨てる覚悟を決めた。

　ミレアはそうなった場合のフォローを提案する。

「ここで平穏に暮らせなくなったらシューサで暮らせるよう手配しますよ」

「その場合は俺からもフォルウント家に頼むかな。いや頼まずとも俺の稼ぎでどうにかなるか」

「二人ともありがとう。準備してくる」

「準備ってなにするんだ」

自室へと行こうとしたロナの腕を平太が掴《つか》んで止める。

「以前使っていた装備を出してくるんだけど」

「以前より肉づきがよくなってるから着れないだろ。それに勘も動きも鈍《にぶ》ってて足でまといになるだけだと思うよ」

以前は自分よりも強かったロナに、こんなことを言うとは平太も思っていなかった。

平太の言うことに何一つ反論できず、ロナは言葉に詰まる。

体を鍛えることはすでにやっておらず、そのせいで体重は少々増えている。勘ももちろん鈍っていた。しかし現在怖がっているだろうミナのことを思うと、自分の手で助け出してもう大丈夫だと安堵《あんど》させたいのだ。

その思いを口に出す前に、ミレアが先に口を開く。

「ロナさん、情報を提供するだけに留《とど》めましょう。私に負けるほどに実力が落ちているんです。現役のアサシンと戦うことになったら確実に殺されます。ミナが悲しみますよ」

「……わかった」

悩んだがミナを泣かせる気はなく、直接助けることは諦めた。ロナ自身も現役アサシンとの戦闘になったら負けるのは簡単に想像できたのだ。

ロナはこのままで行くということで、平太が早速王都へ転移しようとしたとき、玄関がノックされる。

平太は能力の発動を止めて、ミレアが玄関へと向かうのを見る。そして話し声でパーシェがやってきたとわかった。

「こんにちは。預けていただいた素材の買い取り金を渡しに来たのですが、なにやら問題があった様子ですね」

パーシェはその場の雰囲気だけでただならぬことが起きたと察する。

ロナはパーシェに誘拐《ゆうかい》の件を話す。パーシェもたまにここに来たとき、ミナを可愛がってくれたのだ。心配させるとはわかっているが、知らせておきたかった。

案の定、パーシェの表情は心配そうなものへと変わる。これからどう動くのか聞くと、パーシェは自身も一緒に王都へ行くと言いだす。

「危ないからやめておいた方が」

「ああ、勘違いさせてしまいましたね。一緒に行動するわけではないのです。実家を通じて、アキヤマ様の話が王に届くように動こうと思ったのです。リヒャルト様に会って頼むなら必要ないことかもしれませんが、念のためですね」

妹シェルリアの夫である王子ロディスに話して、そこから王に話が届くようにしようと思ったのだ。

「そういうことだったか。それなら一緒に行っても大丈夫だな。そばに寄って。じゃあミレアさん行ってくる。不気味なくらいに静かなバイルドのことも頼んだ」

「お任せください」

平太が動くならば大丈夫だと信頼し、不安のなくなったミレアは家で皆の帰りを待つ。

パーシェは店への伝言をミレアに頼む。急にいなくなったら店の者が心配するのだ。

ロナとパーシェとグラースがきちんとそばにいることを確認して平太は転移する。


王都の外に転移した一行はまずファイナンダ家へと向かう。

連絡のない帰省にファイナンダ家の面々は驚いていたが、平太が一緒ということでいよいよ結婚報告かと考える。だがロナという見慣れぬ女性が深刻な表情なため、恋愛の拗《こじ》れ話なのかと思いなおした。

そんな考えなど知らず、パーシェは家に帰ってきた理由を話す。

「そうだったのか。わかった、アキヤマ君には以前の借りがあったし動くことに問題はない。リヒャルト様からの言葉で十分だろうけどな」

そう言う父親にパーシェはありがとうと返す。

「早速城へ向かおう。パーシェ、ついてきてくれるか」

「私も？　解決するまでここで待つつもりだったのだけど」

「シェルリアともしばらく会っていないだろう？　顔を出せば嬉《うれ》しがると思うのだよ」

「わかった。使用人たちに手伝ってもらって身支度を整えるわ。そういうことだから、神殿にはアキヤマ様たちでお願いしますね」

「うん」

ファイナンダ家を出た平太たちは魔法の明かりや店から漏《も》れ出た光に照らされた大通りを進んで、リヒャルトの神殿を目指す。

神殿の受付は今日の業務を終了していたが、そこはエラメーラからの手紙を渡して急ぎの用件だというと、すぐにリヒャルトに届けてくれた。

戻ってきた神官に連れられて、平太たちは孤児院の応接室に案内される。夕食後ということで孤児院の中には料理の匂いがかすかに漂い、孤児院の子供がはしゃぐ声も聞こえていた。

応接室ではリヒャルトが待っていて、読み終わった手紙をテーブルに置いていた。

「お久しぶりです、リヒャルト様」

「うむ。久しぶりだ。故郷に帰ったと聞いたが、こっちに戻ってきたのだな」

「はい、始源の神の仕業でいろいろとありまして」

手紙にはなかった情報にリヒャルトは目を丸くする。ララとの関わりがあることも驚きだが、仕業という言葉選びにも驚かされる。

「そこらへんを詳しく聞いてみたいが、今はミナというお嬢ちゃんのことが優先だな」

「今度助力のお礼に、ラフホースでも狩って持ってきますので、そのときにでも」

もっといい肉を狩ってくることも可能だが、孤児院の人数だとラフホースを狩った方が量的にちょうどよいのだ。質としても十分に喜ばれるものだ。

「子供たちも喜ぶじゃろうて。確認だが、用件は王都にあるという殺し屋組織の捜査と壊滅になるのかの？」

「ミナを取り戻すことだけ考えていたので、壊滅とまでは考えていませんでしたね。国の協力を得られるならそちらに任せようかと」

「協力を得られなかった場合はどうするつもりじゃ？」

「能力を駆使して一人で潜入して、ミナを取り戻せたら暴れつつ脱出ですかね。追ってこられないようにいろいろと壊すつもりです。そういったことに適した魔王の攻撃が再現できるので」

「ちょっと待ってくれ。魔王と戦ったということも驚きだが、魔王の攻撃とはどういったものだ」

小規模であるはずがないとリヒャルトは焦《あせ》った様子で聞く。

それに炎の鞭《むち》で広範囲を薙《な》ぎ払うものだと平太は答える。さすがに全力火炎砲は威力過多だろうと考え、使う気はない。鞭も十分に過剰なのだが、平太は魔王討伐戦や魔王の居城へと向かうまでの戦闘を基準としているので、組織のような多人数相手ならば炎の鞭が手頃だと考えていた。

「魔王がそれを使ったときどうなった？」

「直接見たときは、いくつもの廃墟がさらに崩れたくらいですかね。その攻撃をもってたくさんの都市を滅ぼしたんだそうですよ」

「そのようなもの使うでない！　王都がめちゃくちゃになるじゃろう」

「さすがに王都を滅ぼすつもりはないんですが」

「その気がなくとも、なにかの間違いで制御失敗されたら大変なことになるのが目に見えておるわい」

その光景を想像でもしたのか、リヒャルトは頭が痛そうに眉間《みけん》を押さえる。王に協力を約束させなければ、万が一もありえる。人知れずリヒャルトは気合いを入れた。

そんなリヒャルトの心情をなんとなく察したロナは、心の中で声援を送る。

「こうなると国を確実に動かしたいが、なにかいい考えはないものか」

そう言うリヒャルトに平太が首を傾《かし》げる。

「リヒャルト様が言えば動くんじゃないですか？」

「その可能性は高いが、たかが子供一人のためと難色を示す武官や文官はおるじゃろう。

そういった者も同意させた方がスムーズに事が運べる」

反発する者の意見でミナ奪還が遅れると、待ちきれない平太が単独行動を始める可能性がある。それにリヒャルトとしても子供を早く親元へと帰してあげたいのだ。

平太とロナとリヒャルトは皆を説得できる方法を考える。

殺し屋組織を潰《つぶ》すか国外に追い出すことには反論は出ないだろう。こっそりとその組織を使っている貴族はいるだろうが、表立って庇《かば》うことはできない。

「利点を示すことができれば動きやすいのではありませんか？」

ロナの案にリヒャルトは頷《うなず》く。

「……再現使いが配下となる。そういったことを確約すればいけるかもしれないが」

「……」

リヒャルトの言葉に、平太は難しい顔になる。心情的には王族や貴族とがっつり関わっていくというのは遠慮願いたかった。心底尊敬できる王や貴族がいるならば、配下になるのに否はない。しかしどういった存在か知らない相手の下について、いろいろと無茶ぶりされるかもしれないと思うと頷きがたいものがある。

反面、そうしないとミナを助けられないのならば、仕方ないことかとも思うのだ。

ロナとしてはそれを勧めることは難しい。もちろんミナは助けたいが、再現使いのできることが多すぎて暴走する者が出てこないともいえない。平和な国に火種を生じさせることは避けたい。

「まあ、難しいだろうな。シューサからの心象が悪くなるじゃろ」

勧めてみたリヒャルトも配下になる可能性はそう高くはないと考える。

言ったように、フォルウント家のあるシューサとの取引に今後問題が生じるかもしれない。ガブラフカからすれば先祖をいいように使う国だ。マイナスの印象を持つであろうことは想像に難《かた》くない。王の人柄に惚《ほ》れ込んで平太が進んで家臣になろうとしていたのなら、仕方ないと思うかもしれないが、今回はそうではない。

「シューサのこともあるし、俺個人の思いもあるけど、俺をおかしな扱いすると始源の神がどう思うかという問題もあるんですよね」

「先ほども始源の神が関わっていたと言っていたが、いったい始源の神とはどういった関係なのかね？」

平太は故郷に帰って、またこちらに召喚されたこと。その後の流れを簡単に話す。

「その過去で一応親神代わりでしたよ。このブレスレットをその証《あかし》としてもらいました」

腕を上げてブレスレットを見せると、始源の神の気配がわずかに漏《も》れ出す。それに気づき平太はブレスレットを押さえて、気配を封じる。

リヒャルトは驚きを隠さずブレスレットを見る。

「……たしかに始源の神のものだ。こうなると配下にしてあれこれと便利に使っていれば、始源の神の不興を買うかもしれぬな」

「あ、そうだ。いやでも」

なにか思いついた平太に、リヒャルトは先を促す。

「この世界を救う手伝いをする予定なんで、その報酬を先払いでというのはどうかと思ったけど、それを言うとたくさんの人から報酬もらわないと先払いした人にとって不公平だなって」

「そんな予定があるのか」

「そろそろだという堕神《おちかみ》の件です」

何度目かの驚きを見せるリヒャルト。驚き疲れた様子も見え隠れしている。

「知っておったのか」

「始源の神から直接聞きましたから」

「それはあまり人間に聞かせたいことではないから、報酬とするのは勘弁願いたいのう」

だろうなと平太も思ったので、思いついても詳細を口に出さなかったのだ。

かわりにと平太は続ける。

「一度だけ再現使いの力を使って、この国のためになにかを生み出すとかなら大丈夫かもしれませんから、それを交渉材料にできませんか」

それくらいならば平太も嫌がることはない。

「いけるだろう。では早速城へ行くとするか」

王も通常業務を終えている頃で、自由に過ごせる時間帯だ。寛《くつろ》ぎの時間を潰《つぶ》すことは悪いとは思うが、できるだけ急ぎでこの件は進めた方がいいだろうとリヒャルトは考えた。

リヒャルトは孤児院の人間に出かけてくることを告げて、孤児院を出る。神官が同行しようかと申し出たが、必要ないと断る。

一行は城へと徒歩で向かい、城の周辺を警邏《けいら》中の兵に王への先触れを頼む。普通に王都で暮らしている人間がリヒャルトの頼みを断ることはできず、すぐに兵は城の中へと走る。

兵から話を聞いて対応を頼まれた使用人が、王たちの準備が整うまで時間がかかるだろうとリヒャルトたちを待合室に案内する。グラースもいるのだが、城に入れてもなにも言われない。リヒャルトが同行しているからだろう。

出されたお茶とお茶請けを飲み食いして二十分ほど待つと、案内役の使用人がやってくる。その使用人についていき、謁見《えっけん》の間ではなく、王の執務室へと通された。

執務室には王のほかに、宰相《さいしょう》や近衛騎士たちがいた。平太が見覚えのあるロディスの姿もあった。

王は平太の顔を見て反応したが、視線を外しリヒャルトへと声をかける。

「こんばんは、リヒャルト様。あなたからこちらへ来るのは珍しいことですね。なにか話があるということで、宰相《さいしょう》たちにも同席してもらったのですが、大丈夫でしょうか」

「問題ない。むしろ一緒に聞いてもらった方が都合がいいかもしれぬ」

「どのような話なのでしょうか。と、その前にそちらの者たちを紹介していただけると助かります」

「うむ。話に関係する者たちじゃ。紹介せぬわけにはいかぬだろう。アキヤマヘイタ、再現使いだ」

いきなりぶっこんだ紹介に予想していた王以外の者たちは呆《ほう》けた表情を見せた。王たちの視線が平太に集まる。それらを受けて平太は平然としている。

「やはりか。報告にあった人相だからもしやとは思いましたが」

「王よ、もしや再現使いのことを知っておられたのですか？」

宰相の疑問に王は頷《うなず》く。

「リヒャルト様から話を聞いていた。そして遠くから行動を見張っていたのだ」

「どうして我らに話してくださらなかったのですか⁉」

「神から接触も存在を知らせることも止められていたのだ。話せるわけなかろう」

「ならば再現使いの存在を知っているのは王のみということでしょうか？」

「ラドクリフにも話してある。あやつは外交でフォルウント家と関わることがあるかもしれぬからな。しかししばらくエラメルトから姿を消していたと聞いていたが」

「故郷に帰っておったようでな、最近こちらに戻ってきたと聞いたよ」

リヒャルトが王の疑問に答える。そのままロナとグラースの紹介もすませて本題に入る。

「ここに来たのは殺し屋組織の捜索を国の力を借りてやりたいからだ」

「あれの捜索か。あれは国にとっても不要だから探し潰《つぶ》すということは賛成ではあるが、どこにあるかまではわからぬ」

殺し屋組織は上手く隠れているため、ここだろうかという推測はあるが確証はないのだ。

「場所についてはこちらのロナが知っておるようじゃ。本拠地が変わっていなければだがな」

どうして知っているのかという疑問の視線を受けて、ロナは元アサシンだと短く告げる。

「どうして元アサシンが所属していた組織にこだわる？　抜けた身ならば関わらない方が自然だと思うが」

王の疑問に、ここにいるに至った理由をロナは話す。

「子を助けるためか、納得だ。しかしトップの孫をさらったということはなにかしらの目的がありそうだな。象徴として組織をまとめたいのか？　宰相、殺し屋組織についてなにかしらの情報は得ているか?」

「特には。トップが死んでるかもしれないという情報すら入ってきていません」

「そうか。組織をまとめたいからさらったと仮定すると、今組織の力は低下しているのだろう。潰《つぶ》すなら今だな」

国内の不安は早急になくしたい王の言葉に宰相《さいしょう》が首を横に振る。

「仮定ですから、すぐに動くというのは承服しかねます。本拠地の場所を聞き、じっくりと時間をかけて対処していくべき案件かと」

不安を取り除きたいという思いは王と同じだが、宰相は費用なども考え確実に事を運びたいという考えだ。

「その考えはわかるのだが、時間をかけると組織に力が戻ることも考慮するべきだろう」

「そうなのですが……リヒャルト様はどのようにお考えでしょうか」

宰相の問いかけにリヒャルトは「王と同じ考えだ」と口に出す。

「時間をかけると国が動く前に、ヘイタが動く。その場合、町に被害が発生する可能性もあってな」

「そういえば再現使いと紹介されましたが、彼をこの場で紹介する理由は聞いていませんでしたね」

肩書のインパクトにここにいる理由を尋ねるのを忘れていた。

「さらわれた子の親代わりらしくてのう。独自に動いても取り戻せるだろうが、確実性を求めてわしのところに来たのだよ」

「独自に動くと被害が出るということですか？」

「確実に被害が出るということはないだろう。だが被害が出た場合のことを考えるとな。一人で行かせるよりは国の力を貸した方が、町にいらぬ騒ぎを起こさずにすむと思った」

単独行動をさせたとき、なにが起こるのだろうと王たちは思い、尋ねる。

「子を助けたあとに組織に甚大《じんだい》な被害を発生させるため、過去で戦った魔王の力を使用すると言っておったよ」

「……過去で戦ったという部分も気になるのですが、魔王の力を使うのは可能なのでしょうか？」

王が真偽を尋ね、リヒャルトは首を傾《かし》げる。

「わしも実行したところを見たわけではないから可能かどうかはわからぬよ。しかし嘘《うそ》を吐《つ》く理由もない」

「できるのか？」

王が平太を見て聞く。

「何度も使っているので可能です。魔王ほどの威力や範囲は難しいですが、それでも小さな村なら容易に潰せます」

完全再現ならば魔王が戦いの際に使った攻撃そのものを使えるため、村を潰《つぶ》すくらいわけないのだ。

平太が答えたが、王たちはいまだ納得がいっていない様子だ。そもそも魔王が出現したという話を聞いたことがない。リヒャルトが過去と言ったのを、ここ数年のことだと勘違いしているのだ。

疑問点を解消するため王は魔王について聞く。

「ここ数年で魔王出現の報告を招きの神殿から受けていない。いつどこで魔王と接触したというのだ」

「俺が魔王と戦ったのは千年以上前のことですよ？　ここ数年の話は俺も聞いたことがありません」

千年以上前という発言に、王たちは平太がいい加減なことを言っているのではと疑いを持ち始める。事情を知らなければ、なに言っているのかと思っても仕方ない。

「千年以上生きていることになるが、人間はそれほど長寿ではないぞ」

「俺もそんなに生きてはいません、いや存在していたというだけなら千才以上なのだろうか」

「うーん、どうも理解ができぬ。お主がエラメルトから消えたあとの話を聞かせてくれないだろうか」

平太は頷《うなず》き、簡単に話していく。

王たちにとっては突拍子もない話で、本当なのか判断つきかねた。

「王よ、始源の神が個人に干渉するなど聞いたことありませぬ。リヒャルト様はいかがでしょう」

「わしもヘイタ以外からそういった話を聞いたことはない」

「でしたら彼の言うことには虚偽が混ざっているということになるのではないでしょうか」

宰相《さいしょう》の発言にリヒャルトは首を横に振る。

「干渉しているという証拠があるのだよ。ヘイタ、ブレスレットを見せてやるといい」

リヒャルトの言葉に従い、平太はブレスレットをはめた腕を胸の辺りまで上げる。

特に変わったところのないブレスレットを見て、宰相はそれがなんなのかと言おうとして止まる。ブレスレットから放たれた気配に、自然と頭《こうべ》を垂《た》れる。そうすることに疑いはなく、その気配を感じ取れたことが幸せとすら思えた。

宰相だけではなく、平太以外の者すべてが同じようなことになっている。神であるリヒャルトもだ。

平太はブレスレットを押さえ、腕を下げる。それで影響は消えた。

王たちは戸惑いながら顔を上げる。

「始源の神の気配だ。わしも頭を下げたのは見ただろう？　あれは自然とそうなったのであって、事前に打合せしていたわけではない」

「それはわかります。あの気配は畏敬の念を持って当然といったものでしたから」

王が頷《うなず》き言う。あの気配の持ち主はありとあらゆる存在の上ということを当たり前のように受け入れられた。

王たちは神であるリヒャルトにも畏敬の念は持っている。しかしリヒャルトはその行いと威厳から王たちに畏敬の念を感じさせるのに対し、始源の神は気配を感じただけでリヒャルトへ向けたもの以上のものを抱く。

「どうして彼だけに干渉するのでしょうか」

「理由の一つは知っているが、それだけなのだろうかとも思う。ああ、理由に関しては話せない。重大なものなのでな。ともかく始源の神が関わっているのだ、ヘイタの話がまったくの嘘《うそ》とは言えなくなっただろう？」

「はい」

王だけではなく、宰相《さいしょう》たちも頷く。具体的に始源の神がどういったことを行えるのかわからないが、あの気配の主ならば平太が言った封印で千年以上先の時代への移動を行えそうだと信じられた。

「今のは？」

「どういった話だったか。始源の神の干渉、アキヤマ殿の体験、アキヤマ殿が魔王の力を使える、アキヤマ殿が単独行動した場合の被害。こんな感じだったな。たしかに被害が発生する可能性はあるな」

話の流れを思い出し、王は平太が単独行動した場合に生まれる損害を認める。

「宰相、やはり早めに解決した方がいいと思うが」

「仕方ありません。そういった方向で動きましょう。こういった予定外のことに対する予算は組んでいるとはいえ、頭が痛くなる案件です」

「そこに関してはお主たちの考え次第でどうにかなるかもしれぬ」

リヒャルトの発言に宰相はどういうことだろうかと不思議そうな視線を向けた。

「ヘイタが国の助力を得られた場合、一度のみ国のために再現を使うと約束している。それで損失分をどうにか補えるかもしれぬということだ」

平太に本当かと視線が集まり、それに頷きを返す。

「城一つ再現したという話もあるが、どれくらいまでが許容範囲なのだろうか」

本当になんでもかんでも再現できるのかわからず、宰相は確認のため聞く。

それに平太はこれまで再現したものを例として説明する。

説明を聞いて頷いた宰相は、言葉に出して確認し理解を深める。

「なるほど、宝石二つは無理だが、宝石二つが使われた装飾品ならば再現できる。つまりは一つとして考えられるものならば大抵のものは再現可能」

「どうだ、宰相《さいしょう》。いい考えは浮かんだか？」

「もっと時間が必要です。今決めなければならないことではないでしょう？」

宰相は王や平太に聞き、彼らは頷《うなず》く。だったらそれは後回しにしようと、今は殺し屋組織に関して考えることにする。

宰相はロナに組織の本拠地を聞き、その周辺調査を王城の諜報部署《ちょうほうぶしょ》に任せるため執務室から出ていく。急いだ方がいいと判断したが、今すぐ動くことはさすがにできない。本拠地周辺に抜け道などないかの調査は必要だった。

そこらへんの調査が終わるまで、平太たちは城への逗留《とうりゅう》を誘われたが、落ち着かないということでリヒャルトの孤児院で寝泊りさせてもらうことになる。

平太たちが去り、その場に残った王とロディスが今後について話し合う。

ちなみにロディスはファイナンダ家からの急ぎの話を受け取っており、平太側につくつもりだったが、口を出さずともよい流れだったため静かにしていた。

「父上、どれくらいで組織の周辺調査が終わると思う？」

「急ぎでやらせるだろうから三日くらいだろう。本当ならば宰相としてはもっと慎重にいきたいだろうが、アキヤマ殿がそこまで我慢できるかどうかわからんからな」

「子供を心配する気持ちが、焦《あせ》りを生みそうだからな」

「うむ。子を持つ親としては彼らの気持ちはわからんでもない」

「俺には子はまだですが、シェルリアとの子がさらわれたら慌てるでしょう」

「そろそろお前も子を作っていい頃だろう」

孫の顔を見たいと催促する。ラドクリフに今年子供ができて孫はいるのだが、もっといてもいいだろうと王妃とも話していた。

「俺としてはもう一年くらいは夫婦で過ごしたいと思っていたんだが」

「まあ、無理強いはせんよ。それでアキヤマ殿についてだが、国に取り込むことは避けた方がいいと思うか？」

「始源の神は重すぎる。下手に触れると国が傾きかねない」

ロディスは平太を放置するという考えだ。王も聞いてはみたものの、考えとしてはロディス側だ。エラメーラが保護しているだけならば、交渉次第で家臣までとはいかないが、協力を得られる可能性はあったが、始源の神となると人間が関わるには危なすぎる。

「今回のように向こうから利用していいと言ってくるならまだしも、人間の都合のいいように動かそうとしたら始源の神の機嫌を損ねかねない。そんなの怖すぎる」

「ああ、その通りだな。宰相にもそれを伝えておこう」

大丈夫とは思うが、宰相が欲を出さないように王は釘《くぎ》をさすことにする。

「それにしても再現か。どのように使えばいいのやら」

「大昔に城一つ再現したとか。それだけの建築費用や時間が浮くのは助かることだよな」

「うむ。しかし新たに城を建てる予定はないしな」

「どこか取り壊す施設があったら、そこを壊したあと同じ建物を作ってもらうのはどう？」

「それだと古い施設がまたできるだけではないか？」

あー、とロディスは納得する。

「だったら新しく施設を建てる予定のところに、よその建物を再現してもらうとかかな」

「私に思いつくのもそれくらいだ。宰相《さいしょう》やほかの者ならばなにか思いつくかもしれないが」

宰相も建築費用削減にあてることは考えていて、ほかに他国へ派遣し大きな貸しを作ることも考えていた。

王とロディスはもう少し再現について話したあと、執務室を出ていく。

王は妻たちのもとへ向かい、ロディスは話し合いの結果をシェルリアたちに伝えるため自身の部屋へと向かっていく。

最後に戸締りなどをして、近衛兵《このえへい》たちも去っていく。

調査が終わったのは王の予測通りの三日後で、平太たちは再びリヒャルトと一緒に城へ行く。ロナはこの三日間常に不安を感じ、精神的な疲労が肉体にも及んでいた。

先日と同じ執務室に案内されると、そこには王たちが待っていた。

平太たちが部屋に入ると全員そろったということか宰相が口を開く。

「リヒャルト様、準備は整いました。説明を始めたいと思いますがよろしいでしょうか」

「頼む」

リヒャルトの短い返事に、宰相は早速話し始める。

「では始めさせていただきます。前準備として殺し屋組織の有無、そして出入り口の確認を行いました。結果、以前と同じように殺し屋組織はそこにあるとわかりました。次に出入り口は四ヶ所見つけてあります。これですべてかどうかは不明と言わせていただきたい」

「うむ。調査時間が短いということで、すべて見つけたと言えんのは理解できる」

リヒャルトが理解を示し、平太たちも頷《うなず》く。

「ご理解ありがとうございます。続いて救出および殺し屋組織壊滅の日程ですが、今日明日で準備を整えて明後日に開始したいと思います」

いかがかと宰相は平太たちを見る。

これも短い調査時間の都合ということで、平太たちも承諾する。

「明後日で確定しました。では次に、当日の計画です。おおざっぱに言いまして、先に救出人員を送り込み、一定時間が過ぎると確認できている出入り口から兵たちを突入させるという感じになります」

「救出人員はどういった能力や技能を持っているのでしょうか？」

ロナにとって所属していた組織がどうなろうとかまわず、気になるのはミナを救出する人たちのことだ。

「隠れ潜む。そういったことが得意な者たちだ。向こうに侵入が知られれば娘さんを連れ出されるかもしれず、目的が娘さんとばれると人質にとられる可能性もある。ばれないことを第一に考えての人選だ」

「そういった技能はあちらの得意分野だと思うのですが、用意する人材はあちらに侵入を悟られずにいられるのでしょうか」

「そこは難しいところだ。あなたが言うように相手の得意分野に対抗するのだからな」

平太が手を上げ発言する。

「そこに関して力になれるかもしれません」

「あなたが？」

「ええ。過去に隠密行動用の能力を三段階目まで上げた人がいて、再現できる。救出人員と一緒に入れば、能力面からならば互角か上になるんじゃないでしょうか」

「そのようなことまで可能なのですか」

まだまだ再現という能力を甘く見ていたと宰相《さいしょう》は思い知らされた。

「魔王討伐にはこういった能力も必要だったということです。ほかにも能力を三段階目まで上げた人はいましたよ。そういった人たちの能力も使用可能です。今回必要とされるのは隠密行動のほかに治癒の能力でしょうか。死んでいなければ胴体が千切《ちぎ》れかけても治療可能です」

「魔王との戦いはそこまでできなければ駄目だということか」

王が感心と戸惑いを混ぜた感想を漏《も》らす。今の世界で魔王と戦える人間はどれくらいいるのか、想像してみたが善戦するとは言えない。むしろ苦戦する光景の方が容易《たやす》く想像できた。

「ほかにどのような能力があったのか聞いてもいいか？」

王の質問に平太は頷《うなず》き、反射や鼓舞や強化された水の能力について話す。応用や細かな使い方は省いて、どういったものだけかを話していった。

それらを話して宰相に顔を向けて、同行についてどうかと尋ねる。

「隠密行動はできるのですか？　彼らの足を引っ張るようならば」

「それに関しても再現でどうにかできる」

「……再現というものは本当に」

宰相《さいしょう》は呆《あき》れたように言い、咳払《せきばら》いして続ける。

「のちほど救出人員と顔合わせしていただけると助かるのですが」

「わかりました。そのときに能力も体験してもらいましょう」

話し合いは続き、作戦開始時刻や捕らえたアサシンの処遇などを決めて解散になる。

ロナとグラースはリヒャルトと一緒に孤児院へと先に帰り、平太は宰相と一緒に諜報部《ちょうほうぶ》署《しょ》に向かう。

宰相は諜報部署の長に声をかけて、用件を告げる。話していた長がちらりと平太に視線を向ける。好奇心が表情に表れていたが、宰相が窘《たしな》めたことで好奇心を消す。

用件を聞いた長は、少し待つように言って部下に人を呼ぶように伝える。

応接用のスペースで宰相と平太が待っていると、十五分ほどで長に呼ばれた者たちがやってくる。三人の二十才から三十才の男女だ。男が二人に、女が一人。動きが洗練されていて、戦いの経験のない宰相から見てもある程度の戦闘能力があるとわかる。

仕事の続きをしていた長が呼んだ理由を話して、宰相と平太の方へ向かわせる。

「お呼びと聞きました」

リーダーらしき三十才の男が宰相に一礼してから声をかける。

「うむ。明後日の仕事に関して話があるのだ。訓練場へと向かいながら話すのでついてきてくれ」

「わかりました」

宰相が立ち上がり、平太もついていく。

宰相は明確な主語を使わず、侵入の日時、同行者が加わること、同行者の能力をこれから体験してもらうことを話していく。

救出人員たちも平太が同行者なのだと話の流れで理解して、平太にちらりと視線を向ける。

いくつかある訓練所のうち人の少ないところに到着し、宰相は少し下がる。かわりに救出人員のリーダーが平太の正面に立つ。

「俺はカリエル。今回の侵入作戦でリーダーを務めることになった。あっちの二十才過ぎの男はハロッド、二十代半《なか》ばの女はチャシー」

「俺は平太。救出対象の父親みたいなものだ」

その自覚はまだないが、こう名乗った方が話は早いだろうと考えた。

「ヘイタが同行すると聞いたが、できるのか？」

「アサシンの技術を再現できる。足手まといにはならないだろう」

「再現使いということは聞いた。本当に存在するのかと疑問に思ったよ。だからこの目で確かめないことには信じることはできん。侵入に使う能力とついでに強さも見せてもらいたい」

「じゃあ能力から。使うものは複数人を潜ませることができるもの。使われている対象には効果を実感しにくいだろうから、誰か一人離れて効果を観測してほしい」

「では私が」

チャシーが宰相《さいしょう》の隣に移動する。

平太はチャシーが離れたことを確認し、自分を含めて三人を対象に能力を使う。

「……！」

チャシーがわずかに驚いた表情を見せる。

離れていたチャシーには目の前にいる三人の気配がかなり薄くなったのがわかる。明るい状況だからいることがわかるが、暗ければ三人がどこかに移動しても見逃しそうだった。気配を捉える鍛錬は欠かしていない。その自分がこうまで察知しづらいことに驚く。

これが能力の極致の一つかと人の可能性に感心した思いを抱いた。

宰相にもそこにいるはずの三人の姿が薄くなったように見えた。瞬《まばた》きすれば消えていきそうに思えるくらいに、存在が感じられない。

「どうだ、チャシー？」

「すごいと言い表すしかありません。それを使われた状態であれば、駆け出しの諜報員《ちょうほういん》でも一人前の活動ができそうです」

「それほどまでか」

チャシーがこういった場でお世辞を言わないことはカリエルもよく知っている。

「能力に関しては十分以上ということらしいな。では次に戦闘能力だ。争いになったら自分くらいは守れるかどうか」

合図もなしにカリエルは平太に殴りかかる。それに平太はしっかりと反応し体をそらして避けた。

カリエルは続けて両の拳《こぶし》で殴りかかり、平太は落ち着いて避けたり腕でガードしたりと対応していく。

攻めている途中でカリエルはちらりとハロッドに視線を向ける。視線を受けたハロッドはポケットに手を入れて、そこにあるコインを握る。そうして平太がハロッドに背を向けたところで、握っていたコインを投げつける。

避ける仕草もない平太にハロッドは当たると思ったが、コインはなにかに弾かれて地面に落ちた。

「当たりませんでした」

ハロッドがそう口に出したことで、カリエルは攻撃を止めた。

「ハロッドに攻撃をしかけるよう合図を出したことに気づいたのか？」

「誰かになんらかの合図を出したことは気づきましたよ。どういったことをしてくるかわからなかったので、死角にシールドの能力を使ってました」

平太も見えない位置からの攻撃は避けられない。だから防御できるように避けながら能力を使っていた。

「戦いの方も実力は十分にあるか。俺としては同行に異論はない」

アサシンや諜報員《ちょうほういん》の得意とする闇討《やみう》ちに関してはわからないが、真正面からの戦いは自分以上だと実感できた。これならば足手まといにはならないだろうとカリエルは同行を認める。ハロッドとチャシーはリーダーの判断を信じるため、異論はない。

このあとは、作戦開始当日の夕暮れに孤児院に迎えに行くといったことを話して解散となった。

去っていく平太を見ながら宰相《さいしょう》は平太の実力についてカリエルに尋ねる。

「能力なしの真正面からの戦いは国有数、もしくはトップもありえます。突き抜けた強さというわけでもないですがね」

「能力ありだと？」

「手がつけられないと思いますよ。どういったことができるかわかりませんが、とれる手段が多すぎることはわかります。戦いの経験も豊富そうで、対応力も高そうですしね」

「彼は魔王との戦闘経験があるそうだ。それだけの強さがあって初めて魔王との戦いに臨めるということなのかもしれんな」

「魔王が出現したとは聞いたことありませんが、別の大陸でのことですか？」

情報を司《つかさど》る部署に所属する自分が知らないなら、この大陸の話ではないのだろうとカリエルは聞く。

宰相は平太が話したことをカリエルにも省略して話す。

「さてな。始源の神が行ったことならば本当かもしれぬ。それだけのなにかを感じた」

「過去で戦ったと、本当なんでしょうかね」

「……最後に魔王が生まれたのはおよそ二百年前だと聞いています。その強さは本やおとぎ話に残るのみ。魔王というのは我々が思った以上の強さなのかもしれませんね」

角族《つのぞく》や魔物は暴れているものの比較的穏やかな時代が続き、生産力や技術力が優遇され、人の強さは低下している。そんな現代で魔王が出現するとしたら、その被害はどれほどになるのか。宰相たちは想像し顔を顰《しか》める。

「いつ現れるかもわからん。軍備に予算を割いた方がいいのだろうか？」

他国から見るとどういった理由で軍備強化したのかわからず、警戒を抱かれることにもなりかねない。魔王が出現するという前兆があるわけでもないため、侵略のための誤魔化しと受け取られることも考えると、安易に軍備強化を行えない。

「実力者か筋のいい若手を集めて、鍛錬できるよう予算を組むか。これなら他国を刺激せずにすむだろう」

「うちの部署からもハロッドを鍛錬に出していいですか？」

カリエルの現場引退後に自身のかわりを任せられそうな人材と考えていた。いろいろと経験させるため、ハロッドを連れまわしているのだ。そのハロッドの強さを上げる機会は逃したくはない。

「部署の長の了承はもらえよ」

「わかりました」

酒の場ではあるが、長とも現場の今後については話しているのでほぼ確実に承諾してもらえると考える。

そういったことを話しつつ、宰相《さいしょう》たちも訓練場から去る。

救出当日、その夕刻にカリエルたちが孤児院に迎えに来る。

準備するものなどは特にないと聞いていた平太は身軽さを優先して剣のみを持ち、防具は身に着けていない。

カリエルたちも住人に紛《まぎ》れるように私服だ。ハロッドのみ、リュックを背負っている。音の対策はされているようで、リュックから大きな音は出ない。

「もう少し暗くなってから向かおう。それまでは町をうろつくかここで待つか、どっちでもいいぞ」

カリエルが言い、平太としてもどちらでもよかった。

「ここでいろいろと再確認しようか」

「わかった」

平太たちは孤児院の庭のベンチで、侵入してからの動きを話していく。そうしているうちに日が落ちた。

魔法の明かりがあちこちに灯《とも》る町中を平太たちは殺し屋組織の出入り口を目指して歩く。カリエルの話では、兵たちも少しずつ殺し屋組織の出入り口近辺に集まり潜んでいるということだった。

平太たちが目指すのは倉庫の一つ。そこに隠された出入り口がある。

人気《ひとけ》のない倉庫街に到着し、カリエルが倉庫を指差して小声であそこだと示す。

殺し屋組織の本拠地は王都にある大きな店だ。百年以上前からある店で、そこが所有する倉庫の一つが今平太たちが見ている倉庫だ。

「見張りはいないが、侵入を知らせる罠《わな》があると思っていいだろう」

「能力はここから使った方がいい？」

「頼む」

平太は能力を使い、効果が出たことをカリエルたちに頷《うなず》くことで知らせる。

一行は足音を忍ばせ、周囲を警戒し、倉庫に近づく。

カリエルが平太に待つように手で指示を出して、ハロッドとチャシーと一緒に罠などを調べていく。扉には罠《わな》はなく、中に人もおらず、問題なく入ることができた。中は暗く、カリエルたちはほのかに光る石をポケットから取り出す。その石は紐《ひも》で縛られていて、床に近い位置までぶら下げて歩きだす。明かりは膝《ひざ》までをぼんやりと照らしていた。

地下への階段を見つけた一行は、カリエルを先頭に地下に下りる。地下室の奥に棚があり、カリエルたちがそこを調べる。

棚は横にスライドするが、侵入者を知らせる罠もあった。罠の一部の鉄線を慎重に外してから、棚をスライドさせる。棚の後ろに真っ暗な通路があった。

入る前にカリエルが平太を見る。

「明かりはつけずに行く。暗闇の中での行動は慣れているか?」

「行動したことはあるけど、慣れてはないよ」

「だったらハロッドの後ろを歩いて、肩を掴《つか》んで移動だ。ハロッドいいな?」

「はい」

平太がハロッドの後ろから肩を掴んだのを見て、カリエルたちは光る石をポケットにしまう。すると周囲は真っ暗になった。

行くぞ、とカリエルが小声で言い、ハロッドが歩きだす。

暗闇の中をゆっくりとした速度で歩く。平太にはわからなかったが、カリエルたちには通路が少しずつ下りながら曲がっているのがわかる。十分くらい歩くと、遠くの方にぼんやりとした明かりが見えた。

「一度止まるぞ」

カリエルの小声が聞こえ、ハロッドが止まり、それに合わせて平太も止まる。

カリエルはこの場から明かりのある場所を探る。影が動いていないか、人の声がしないか。そういったものを探って、大丈夫だろうと判断し、軽く壁を叩《たた》いて動く合図を出す。

再び通路を進んだ一行は、明かりが頭上から入ってきていることを知る。見上げると夜空が見えた。

「どうやら枯れ井戸らしいな。ご丁寧にはしごもつけられているし、ありがたく使わせてもらおう」

カリエルが壁に設置されたはしごを握って、軽く揺すり音が出るかなど調べて、登っていく。はしごの終わりで一度止まり、そこから周囲の様子を探る。町の雑踏が遠くから聞こえてきて、近くに人がいる気配はない。

カリエルは音もなく井戸から出て、平太たちを手招きする。

チャシーが上がり、平太が次に、最後に背後を警戒していたハロッドが上がる。

一行は物陰に移動し、そこから周辺を探る。

「俯瞰《ふかん》の能力で敷地内を見てみる?」

小声での平太の提案にカリエルは頷《うなず》く。

ここはそれなりの広さを持っている。店と家と倉庫と庭、それらが合わさりサッカーコートよりやや小さいといった広さだろう。

日も暮れて時間が経っていることで、屋外に出ている者は少ない。見回りとして三名ほどが明かりを手に歩いていて、倉庫の前にも二人見張りがいる。

いくつかの窓から明かりが漏《も》れていて、そこそこの人がいることがわかる。倉庫の中からも明かりが漏れているため、誰か作業中なのかもしれない。

こういったことを平太はカリエルに伝えていく。

「そうか。誘拐《ゆうかい》された子供がいるなら家か倉庫のどちらかと見ている。先に倉庫の方を探ってみることにする。これまでと変わらず周辺を警戒したまま移動するぞ」

カリエルが方針を決定し、三人は頷《うなず》く。

一行は陰から陰へと移動し、倉庫の入口反対へと到着する。格子のはまった小さな窓からはまだ明かりが漏れていて誰かがいるのがわかる。

カリエルはチャシーに手のみで指示を出す。

それに頷いたチャシーは能力を使い、掴《つか》むところのない垂直の壁を四つん這《ば》いの形で上がっていく。

チャシーの能力は、移動制限排除だ。今使っているのは最初の能力で、二段階目は移動時のみ水の上や火の中でも問題なく移動できる。子供の頃はまだ発現していない能力の影響で、いろいろなところに簡単に上《のぼ》り、追いかけっこで無敗を誇っていた。

「……」

窓に着いたチャシーは無言で中を覗《のぞ》く。倉庫内には木製の家具や陶製の壺《つぼ》などがたくさんある。それらを動かしながら店員らしき者たちが話しつつ品物の確認作業をしていた。

特に声を潜めているわけでもないため、チャシーの耳まで内容が届く。

「ロッテッタの椅子《いす》の数はどうだ？」

「あるぞ。さっきの机の数と一緒だから問題ないな。傷とかも大丈夫だったよな？」

「大丈夫だった。以前からついている小さな傷以外はなかったぞ。確認は終わったから、元に戻して終わるとするか」

「そうだな」

「あ、そうそう。お前、聞いたか？　何日か前から次期店長になる子供がここに来ているんだと」

「聞いたな。聞いただけで姿を見たことはないが」

「俺もだ。まだ五才かそこらの子供らしくて、現場に出さないのはわかるが、まったく姿を見せないのもおかしいなって思ったんだよ」

「人見知りでもしているんじゃないか？　親と来たって話は聞いてないし、周りは知らない人間ばかりなら怖がるだろうさ」

「一人で来てるのか。そりゃ心細いだろうな。親も一緒に来たらよかったのにな」

「女たちの会話で聞いただけだが、両親はすでに亡くなっているらしい。祖父母も同じくだ。ここだと仕事で忙しく構ってあげられる人間がいないだろうから、よその人間に預けてたんだろう」

「家族が残したこの店を一度見に来たのかねぇ」

「かもしれんな。さて元の位置に戻したし、外に出よう」

「おうさ」

作業をしていた店員たちは明かりを消して倉庫の外に出る。暗くなった倉庫の中からはなんの音もなく、誰もいなさそうだとわかる。

ここにミナがいるとすれば隠し部屋でも作られていて、そこに閉じ込められているのだろう。

チャシーはこれ以上の情報は手に入らないだろうと地上に下りて、聞いたことを話していく。

「ここは外れの可能性が高いか。いるとすれば家の奥。さて上手く侵入できるだろうか」

難しくともやらないという理由はなく、どこからが入りやすいかカリエルたちは建物を見ていく。見回りを避けて、建物の周囲を見て、窓から中の様子も確かめていく。

そうして二階の部屋の一つを侵入場所と決めて、ささっと建物に入る。

まずは壁や扉に耳を寄せて、周囲の声を聞いていく。廊下に人がいないことを確認すると、チャシーだけが廊下に出て、天井を移動して周辺調査を行っていく。

残った平太たちは部屋で息を潜める。そのまま三十分ほど時間が過ぎて、部屋にチャシーが戻ってきた。

「おそらくこの二階に救出対象はいます」

「その理由は？」

「扉の前に見張りが一人、ほかの部屋には見張りはなしです。そこに食事を持った者が近づいていました。食事の量が大人一人分というには少なかったです。部屋の位置から考えると、あそこは窓がなかったはず。外からの救出などを警戒しているのではと思います」

「そうか。ありえるな」

行ってみようとカリエルが言い、全員で行動を開始する。先頭は再び天井を移動するチャシーで、彼女の合図に従い三人はついていく。

廊下の突き当たりにその部屋はあり、今四人がいるそこから七メートルほどか。角に隠れて暇そうな見張りを見ているというのが現状だ。

カリエルが無言で天井を指差し、頷《うなず》いたチャシーがゆっくりと天井を移動して見張りの真上で止まる。それを確認しカリエルは床を軽く踏んで音を立てる。それで見張りの気をひくつもりだったのだが、平太の使っている能力のせいで気づかれなかった。

カリエルが少し困った顔になり、大きめの足音を鳴らすか考える。そのせいで見張り以外の気をひくかもしれないと思ったのだ。

「すまんが一度能力を消してもらっていいか」

カリエルの頼みに平太は頷《うなず》いた。彼のやりたいことを邪魔しているとわかったのだ。

平太が能力を消しハンドサインで知らせると、カリエルは再び足音を鳴らす。

今度は見張りも誰か来たのかと、顔を平太たちが潜んでいる方向へ向ける。

その隙《すき》にチャシーが廊下へ着地して、見張りを絞め落とした。次に見張りを静かに廊下に寝かせると、扉の罠《わな》を調べる。扉にアラームの罠が仕掛けられていて、侵入がばれるのは避けたい。

「罠は？」

「ないと思います」

チャシーが断言しないことでカリエルもざっと調べて罠がないことを確認すると扉を開ける。

見張りを担いで四人で中に入り、すぐにハロッドが扉に能力を使う。能力は頑丈化で、扉の強度を上げたのだ。侵入がばれたときのため扉を破られないようにという考えだ。

部屋に入った平太はすぐにベッドに体育座りしているミナを見つけた。ミナは入ってきた者たちに関心がないのか、顔を上げない。

「ミナ」

平太が声をかけるとミナはばっと顔を上げて、くしゃりと表情を歪《ゆが》ませた。近づいてきた平太に、勢いよく抱き着いて声を上げて泣き始める。

その背をポンポンと軽く叩《たた》いて、ミナを落ち着かせつつカリエルに話しかける。

「このあとはこのままここで待機ですか？　脱出するなら王都の入口に転移できますけど」

「そういったこともできるのか。外の騎士や兵たちが突入したのを確認してから頼めるか？」

「わかりました」

平太はベッドに座り、まだ泣いているミナを太ももの上に座らせる。

そうして三十分ほど時間が流れ、外が騒がしくなってきた。ドタドタと廊下を走る音も聞こえてきた。すぐに「見張りがいない」という声も近くから聞こえてきて、ドアノブがガチャガチャと音を立てる。だが扉はハロッドが押さえていて開かない。

「脱出する。転移を頼む」

頷いた平太は静かに震えるミナを抱き上げて、ハロッドの近くに行く。カリエルとチャシーも同じくだ。

全員が一ヶ所に集まり、平太は転移を使った。

平太たちが消えるとすぐに壊れるかという勢いで扉が開き、男と女が中に入る。「いないぞ！」「逃げられた⁉」「いつ侵入された⁉」といった会話を交わし、ミナを連れてくるように指示を出した者に知らせるため走り去っていった。

その後、ミナと救助に来た者が能力で隠れている可能性を考え、もう一度この部屋に戻ってくる者がいた。そしてそのせいで脱出が遅れ、兵たちに捕まるのだった。

殺し屋組織の関係者はそのほとんどが捕まった。準備時間の短さゆえに見逃していた隠し通路はあったもののそれは一つのみで、そこから逃げた幹部は一人のみだ。

急な脱出だったため本拠地にあった資金などをすべて持ち出すことは難しく、再起を図るには資金面でも人材面でもそれなりの期間を覚悟しなければならなかった。

その幹部にとっては幸いといっていいのか、ついてきた部下は幹部直属の者ばかりで、それ以上人材が減る心配はなかった。あとは本拠地以外に隠してある資金回収や各地で仕事中のアサシンの呼び戻しなど今後について考えながら、王都から離れていく。

逃げた幹部はミナのことも頭をよぎったが、再びの誘拐《ゆうかい》を考える前に組織の体制を整えることが最優先で、優先順位はかなり下がっていた。

転移した平太たちは、王都の入口で見張り兵に一度止められたがカリエルのとりなしで中に入ることができた。

　カリエルたちは上司に救出が成功したことを知らせるため城へと直行し、孤児院に向かう平太たちとは別れた。

　平太はしがみついてくるミナを抱いたまま、孤児院に向かう。その途中でミナが平太に話しかける。

「パパ」

「なに？　ママのいる孤児院まではもうすぐだよ」

「ママとパパがほんとうのママとパパじゃないってほんとう？」

　不安に震える声で尋ねられ、平太は少しばかり驚き足を止める。

「どうしてそんなことを聞くんだ？」

「あの人たちがほんとうのママとパパはしんだって。今のママたちはにせものだって」

「……」

　余計なことを言いやがってと平太はアサシンたちに心の中で舌打ちする。

　ロナがいないここで話してもいいものか迷う。ロナに任せた方がいいのではと思ったが、ロナの口から聞きたくないからここで聞いてきた可能性もありえると悩む。このまま黙っていても悪い方向にいきそうな気がして、良い考えが浮かばないまま平太は歩きながら口を開いた。少しだけ早足になっているのは、ロナにこの話題をぶんなげたいという思いの現れか。

「その人たちの言うことは少しだけ合ってる」

「どこがあってるの？」

「ほんとうのママたちは死んだってこと。今のママたちはミナのおじいさんからあとは頼むと託されたんだよ」

「バイルドおじいちゃん？」

「いやそっちじゃなく、本当のママたちの方のおじいちゃんだよ」

「ほんとうのかぞくはいない？」

また泣きそうになりながらミナが聞く。

続く人生相談に平太はため息を吐《つ》きたくなる。そんな様子を見せると傷つけることはわかりきっているので、そんなことはしないのだが。

「本当の家族ってのはどんなのだろうね？　もちろん血の繋《つな》がり、ミナを生んでくれたママとパパは本当の親なんだろう。でもロナだって生みの親に負けないくらい愛を注いでいたはずだよ」

「そうなのかな」

平太は足を止めて、ミナを抱きなおし、真正面から向かい合う。ミナの不安に揺れる目が平太から視線を外そうとして、そうする前に平太は言葉を続けて視線を固定させる。

「俺よりもミナ自身が知ってると思うんだけどな。思い出してごらん、一緒に遊んで楽しくて、褒められて嬉《うれ》しくて、怒られて泣いて、隣にいないと寂しい。違うかい?」

「……ちがわない」

「そういった思い出は、いやなもの?」

ミナはゆっくり首を横に振る。楽しい思い出は当然として、怒られて泣いた思い出すらも、思い返してみると大事なものだった。

「ロナはミナを大事にして、一緒に過ごしてきた。楽しいことも寂しいことも全部ひっくるめて、その思い出を大切にしている。ミナもロナと同じように思い出を大切に思っているなら、家族っていっていいと思うんだけどな」

「いいのかな?」

「もうロナがママなのは嫌だって思ってる?」

ミナはすぐに首を横に振った。

「そんなことない。ママがいい、ママといたい」

「だったらロナも本当のママなんだよ。それでなにも問題ない。これまで通り甘えていけばいい。ロナはそれが嬉しいだろうから」

そう言いながら平太はミナを抱きしめた。ようやく見えてきた孤児院にほっとしたものを感じる。

もうすぐママに会えると言いながらミナをあやし、足早に孤児院に入る。

与えられた部屋に向かい、扉を開けると平太の気配を察知していたグラースが扉の方を見ていた。つられてロナも顔を向けている。

平太に抱っこされているミナを見ると、心配そうな表情からいっきに安堵《あんど》の表情へと変わり、駆け寄ってきて平太ごとミナを抱きしめる。

「ミナ！　よかった！　本当に無事でよかった！」

「ママ、ママ！」

ロナもミナも泣きながら互いに再会を喜び合う。

抱き着かれている平太は感動的とは思うものの、場違い感もある。ミナのことを我が子と受け入れられていないからだろう。身内という感覚はあるのだが、子供と認めるにはまだ時間が足りなかった。

ミナをロナに渡して、リヒャルトに会いに行く。救出できたのならば顔を出してくれと言われていた。

リヒャルトの部屋の扉をノックして、返事を聞いて扉を開く。

「無事救出できたようじゃの」

「はい。どこも怪我《けが》はなかったようでよかったです」

「見た目は大丈夫でも、ショックを受けているだろうからそこらへんのケアは忘れぬよう

になー

「そこはロナがしてくれるから大丈夫でしょう」

「ふむ？」

首を傾《かし》げたリヒャルトに平太はなにかおかしなことを言ったかと疑問を抱く。

「ミナといったか。その子に関してなにか思うところでもあるのかね？」

「……わかりやすいですかね」

「なにかしらの複雑な思いがあることはわかるな。どういった思いを抱いているのかはわからないが」

平太はミナとの関係を話し、帰り道で家族についてミナに伝えたことも話す。

ミナを子供と受け入れきれていない自分が、家族について話したことはよかったのか、本当にあの説明でよかったのか、なにが正解だったのかと考えを吐露《とろ》する。

「難しい話だな。ここは孤児院だ。ほとんどの子供はハンターの親が死に、引き取る親類もいないことでここにやってくる。しかし親に捨てられたという子供もいる。血の繋《つな》がった親でもそういったことをする。かと思えばロナとミナのように血の繋がりがなくとも幸せな家族となれるものもいる。ヘイタの問いに正解などないのじゃよ。それは自分でもわかっておるだろう？」

「こういった話に正解はないと聞いたことはあります。実感する日がくるとは思っていませんでしたが」

まいったと平太は弱々しい笑みを浮かべる。

「一緒にいて幸せで、必要としている。互いにそうなりたいと思っているのならば、それだけでも家族といっていいと思う。わしも孤児院の子供たちとは血の繋《つな》がりなどないが、家族と思っておるよ」

「……ありがとうございます」

誰かから間違っていないと言ってもらいたかった平太は、それを見抜いて肯定してくれたリヒャルトに頭を下げる。

リヒャルトも平太を肯定するためだけに家族観を述べたのではなく、たしかにそういった考えを持っていた。

「ミナとの関係はいまだ悩む時期なのだろう。今すぐに結果を出すべきものでもない。ゆっくりと時間をかけて接していけば、なるようになるだろうさ。ミナのことを嫌いというわけではないのだろ?」

「はい。戸惑いはありますが、嫌いではないです」

「ならば父としてでなくともよい。血の繋がった親でも子が生まれた瞬間から親として切り替わるわけでもないしの。身内が幸せになるように思い動けば、問題なかろうさ。子供というのは思いのほか賢いものだ。思い悩んだまま接すれば、そこを見抜いてくる。変に気負わず、これまで通りでいいと思う」

「……そうします」

父親であれ、悩むことは許されない。そう言われず平太は肩の荷が降りた気分になる。そしてとりあえずミナが幸せに過ごせるように動こうと思えた。

幸せと考えて、平太はパーシェやロナやミレアやロアルの顔が浮かぶ。彼女たちのこともそうしたいと思う。エラメーラのことも思い浮かんだが、自分が神を幸せにするなど思い上がりもいいところだと人間の四人について考えることにした。

「ありがとうございました」

「なんのなんの。若者の話を聞くのは年寄りにとって楽しいことでもあるからの」

好々爺《こうこうや》の笑みを浮かべたリヒャルトに再度礼を言い、ロナたちの部屋に戻る。

ロナとミナはすでにベッドの中で一緒に寝ていて、離れたくないと抱き合っているように見えた。

部屋に入ったことに気づいたグラースの頭を撫《な》でてから、平太も隣のベッドに寝ようと横になる。起きたら平穏な日々が過ごせると思っている平太の予想を裏切ることが、朝に待ち受けているとは思いもせず、睡魔に身を任せる。

第四十一章　騒動終わって、また騒動

心配事がなくなり快眠をむさぼっていた平太は体を揺すられて起きる。

目を開けると腹に馬乗りになっていた元気いっぱいなミナと目が合った。寝たまま頭を撫《な》でると満面の笑みを向けてくる。

「おはよーパパ！」

「ん、おはよ。ママはどこ？」

「おといれ」

部屋の中にはロナの姿はなく、お座り状態のグラースがいるだけだ。

ミナをおんぶしてベッドから下りる平太。リヒャルトに挨拶《あいさつ》して、パーシェに救出できたことを知らせてから家に帰ろうと思っていると扉が開く。

ロナが戻ってきたかと思ったが、そこにいるのは神官と以前王都に連れてきてくれたエラメルト神殿の転移の使い手だった。

「アキヤマヘイタさん、こちらの方が急用だということで案内しました」

神官はそう言うとエラメルト神殿からの客に一礼して去っていく。

「えっと、お久しぶりです。なにかあったんですか？」

「エラメルトに魔物が押し寄せてきていまして」

「以前と同じく？」

城壁を再現して進行を止めたときのことを思い出し聞く。

それに転移の使い手は頷《うなず》く。

「戦力として俺を戻すためあなたが来たってことですよね。急がないと。ミナたちはここでもうしばらく預かってもらえるよう頼まないといけないな」

用件を察して動こうとする平太を、転移の使い手は止める。

「いえ、エラメーラ様からはエラメルトではなくて別のところに行ってほしいとの伝言です」

「え、どうして。理由は聞いてます？」

「はい。エラメーラ様が魔王デッケルバーダを封印していたことはご存じですか？」

「たしか聞いたことが。勇者が倒しそこねたとかなんとか」

「その封印に異変が起こっているようです。魔物がエラメルトに向かって動きだしたのと同じタイミングらしく、無関係とは思えないとエラメーラ様は言っていました。その封印の様子をあなたに見てきてもらいたいと」

エラメーラからの頼みなら、無茶ぶりでなければ受けることに否はない。平太は頷き、行ってほしいという場所を聞く。

　転移の使い手はビー玉のような赤い玉を差し出す。

「バラフェルト山の北にある小さな林に石碑のように立つ大岩があると言っていました。そこにこれを持っていけば隠してある入口が開くと。ただしこれが必要ない場合もあると。すでに開かれているかもしれないそうです」

　林の詳細を聞き、帰ろうとした転移の使い手に伝言を頼む。内容はミレアたちに救出成功を知らせるというものだ。

「パパ、これからおしごと？」

「そうだね。ミナたちはもうしばらくここで過ごすことになると思う。ここなら安全だろうし。仕事が終わったら迎えに来るよ」

「おうちにかえったらダメなの？」

「危ないらしいからね」

「ミレアお姉ちゃんとおじいちゃんはだいじょうぶなのかなぁ」

「ミレアさんは自分の身を守れるくらいは強いし、バイルドはしぶとそうだから大丈夫だろうさ。強くなったロアルもいるしね」

　そんなことを話しているとロナが戻ってきた。そのロナに平太はエラメルトのことやエラメーラからの頼みを話し、しばらくここに滞在してほしいことも伝える。

少し離れている間に、そんな予想もできない大事《おおごと》になっていたのかと驚くロナ。

「そんなことになってるの向こうは。大丈夫かしら」

「大丈夫じゃなければ、エラメーラ様は町に戻ってほしいと言うと思う。だから大丈夫だと信じよう」

「そうね」

三人はリヒャルトのところに向かう。廊下を歩いていた孤児院の職員に居場所を聞くと、玄関前の庭にいるということでそちらに向かう。

ベンチに座っているリヒャルトが、三人の方へ顔を向ける。

「おはようございます」

「おはよう。エラメーラからの手紙で大変なことになったと知ったよ」

「すでにご存じでしたか。そのことでエラメーラ様から頼み事を一つされまして、それが終わるまで二人を預かってもらいたいのですがよろしいでしょうか」

「ああ、かまわんよ。頼まれ事とはなにか聞いていいかな」

「封印の様子を見てきてくれと」

「あれに異変が起きたのか」

リヒャルトも封印のことは把握していて、監視の手伝いをしていた。エラメーラのようになにかあればすぐにわかるわけではなく、兵の巡回ルートに入れてもらっていたのだ。

前回の報告は半年前で、そのときには異常なしと報告されていた。

「封印が解かれているとすると、最悪強い角族《つのぞく》の討伐をすることになると覚悟しておいた方がいい」

長い封印で力が削《そ》がれていて、魔王として動いていたときの力はないだろうと考え、角族相当の相手と戦うことになるとアドバイスする。

「封じられた魔王は死人語りの能力が変化したものを使ってたんでしたっけ」

「その通りだ。勇者の知人が生前の姿で操られてな。魔王を倒せば、その者もまたいなくなると思うと勇者には魔王を攻撃できても、とどめを刺すことはできなんだ」

「エラメーラ様もそんなこと言ってましたね」

ロナたちのことと情報の礼を言い、平太はロナたちに大人しくしているように言ってからグラースと一緒に孤児院を出る。

組織残党がいる可能性をロナも心配していて、あまり孤児院から出るつもりはなかった。

グラースを護衛として残そうかと平太は思っていたが、ロナが連れて行くように言ってきたのでその言葉に甘えた。

平太はすぐに王都を出ずにファイナンダ家へと向かう。パーシェに助け出したことを話し、エラメルトのことも話しておいた方がいいと思ったのだ。

平太の顔を覚えていた門番に、パーシェへの取り次ぎを頼んで、少し待つとメイドが案内役としてやってきた。そのメイドについていき、リビングに通される。

「おはようございます、アキヤマ様。ここにいらしたということは救出成功したのでしょうか」

「おはよう。昨夜のうちに救出できたよ」

それはよかったと心底喜んだ表情を見せるパーシェ。

「あとはもう帰るだけですね。ミレアさんたちも心配しているでしょうから早く知らせてあげたいわ」

「それがもう一つ仕事があってそちらに行かないといけないのですよ。パーシェさんももう少し王都にいた方がいい」

「どうしてです?」

「今エラメルトは魔物に襲われているとエラメルト神殿からの使いが来て知らせてくれたんだ」

和やかだった雰囲気は一変し、パーシェは真剣な表情となる。

「魔物に?　町はどうなっているのでしょうか」

「詳しいことはわからない。城の人間ならエラメルト神殿からの使者が報告に行っているかもしれない」

「お城ですか。聞きに行ってみるのもいいですね。その前に物資の手配をしないといけません。薬などはいくらあっても困ることはないでしょうから。あ、それでアキヤマ様の仕事というのは？」

「エラメーラ様が封印しているものがあるらしく、魔物が襲ってきたタイミングでそちらにも異変が起きたと。それの確認に行ってほしいと頼まれた」

「なにが封印されているか、聞いていますか？」

「聞いてるけど、話していいことかはわからないから」

パーシェは素直に諦める。聞いてはいけないことがあるとパーシェもわかっているため詳細を聞くことはしない。

「アキヤマ様はすぐに出るということでいいのでしょうか」

「うん。ここでの用事は終わった。あとロナたちはリヒャルト様の孤児院にいるから」

「わかりました。お気をつけて」

神が封印していたものが安全なものなわけはなく、封印が解けているかもしれないとなると危険度は増している。

せっかく再会できた愛おしい人との別れにならぬようパーシェは祈る。

平太も手に負えないとわかれば一度退くつもりだ。それをパーシェに伝えると、少し安心したように微笑《ほほえ》む。

パーシェに玄関まで見送られて、平太とグラースは大通りに移動し、パンといった食料を買ってから王都を出る。そのましばらく歩いて、人がいなくなると車を出して、グラースと一緒に乗り込む。運転の邪魔になるので鎧《よろい》などは助手席だ。

今日一日は南方への移動で終わると予想しているので、車を出し続ける。休憩を入れて九時間半。夕暮れといった時刻に、バラフェルト山が遠くに見えた。そのまま日が暮れても運転を続け、使える再現が残り四回になったところで車を止めて野営と夕飯の準備に入る。

グラースに魔物の狩りを頼み、平太は火の準備などを進めていく。戻ってきたグラースから獲物を受け取って処理をすませていく。作業を進める間に内臓をグラースにおやつとして与える。

肉の串焼きとパンという簡単な食事を終えた平太は今日の鍛錬を始め、グラースは散歩に出る。

翌朝、朝食を食べて平太たちは再び車に乗って移動する。一回の再現だけで目的地らしき林に到着した。外からは大岩は見えず、足を踏み入れる。丘というには低いなだらかな起伏《きふく》を進んでいるとグラースが右の方を見て唸《うな》る。平太には木々が邪魔でなにかあるようには見えない。

「そっちになにかいるのか？」

平太が聞くとグラースは肯定だと小さく吠《ほ》えた。

平太は剣を抜いて警戒し、グラースが見ている方向へとゆっくり移動を始める。一分ほど進むと、人影が二つ木々の向こうに見えた。

（まだ気づかれてないかな）

平太たちを気にする様子を見せず歩いている。

近くにある木に息を殺して身を隠して、人影を観察する。グラースもその場に伏《ふ》せて気配を押さえている。

「あ！」

人影が顔のわかる位置まで来たとき、平太は思わず声を上げ、それに向こうも気づく。

「誰だ？」

問いかけに平太は答えず、どうするか考える。グラースも人影が誰か気づいていて、いつでも動けるように体に力を込めていた。

平太が動かないでいると、相手は敵だと判断したのか、炎を飛ばしてきた。

平太たちはその場から動いて、相手に姿を見せる形となった。

「おまえは」

炎を飛ばしてきた男シャドーフは平太の姿を見てわずかに驚いた様子を見せる。平太もここでシャドーフに遭遇したことに驚いているので、お互い様だろう。

　互いをじっと見て固まる平太たちを見て、シャドーフの同行者であるネメリアは首を傾《かし》げている。

「シャドーフ、どうしたのよ。知り合い？　どう見ても人間だから親しいわけじゃなさそうだけど」

　ネメリアに肩を揺すられ、シャドーフは以前戦った再現使いだと返す。

「へー再現使い……はあ⁉　再現使い⁉　実在したの⁉」

　珍獣を見るような目でネメリアは平太を見て、その視線に平太はシャドーフに対する緊張感がいくらか削《そ》がれた。

　警戒を緩めて平太が尋ねる。

「こんなところでなにしてるんだ。というか封印を解いたのはお前らか」

「なにしてるのかと言いたいのはこっちなんだがな。封印とやらは知らん。というかこの気配は封印とやらが解かれたからか。どうりで突然強い気配が感じられたわけだ」

「いきなり行くぞとか言ったの、その気配を感じたからなの⁉　少しは説明してよ！」

　修行の途中でなんの説明もなく連れ出され、休みだと浮かれていたネメリアはシャドーフをして強いと断じた気配の主のもとへ向かっていたということに、逃げだしたい気持ちが湧き上がる。

「おい、この先になにがいる」

「それに答える必要はない。邪魔だからどっか行ってくれ」

シャドーフの問いかけに、平太はそっけなく返す。

このやり取りからネメリアはこの二人が親しい仲であるというわずかな可能性を捨てた。

「ほう、力ずくで聞き出してもいいんだぞ?」

「やれるもんならやってみろ」

シャドーフが拳《こぶし》を握り、平太が剣を握る手に力を込める。

平太が強気なのは魔王の力を使えるため慢心している、というわけではない。シャドーフの力量を見抜いて、自分よりも上と見て、それでもなお過去に戦った魔王よりは下でなんとかなると判断したからだ。

シャドーフも平太が以前よりも格段に強くなって自身に迫る強さを持っていることを察し、戦いが楽しみになる。

戦闘狂の笑みを浮かべたシャドーフと表情を鋭いものに変えた平太の間に、顔を引きつらせたネメリアが割って入る。

「はい！　やめやめ！　シャドーフもそっちの人もなにか用事があってここに来たんでしょ！　こんなところで無駄に争って消耗していいの⁉」

これを言うだけでもそれなりに消耗したようでネメリアはぐったりしている。それだけ平太とシャドーフの空気が緊迫感に満ちたものだったのだ。

先に戦意を解いたのは平太だ。強い角族《つのぞく》と戦闘になることを考えると、ネメリアの言うようにここで消耗するのは避けたかった。平太がひくと、グラースも戦意をいくらか収める。

それを見てシャドーフはやる気が削《そ》がれたようにしらけた表情となった。

「で、ここになにがあんだよ」

「神に封印された魔王。その封印に異変があったから見てきてくれと頼まれた」

平太は答えながら封印を目指して歩きだす。それにシャドーフたちはついていく。

「魔王か」

「といっても長い封印で弱体化してるらしいが」

「弱体化してこの気配か。いいね、戦いがいがある」

「魔王と戦うのか？　お前たちの王だろうに」

魔王の気配に惹《ひ》かれてここに来たと考えていた平太は、シャドーフから出た意外な言葉に少し驚く。

「昔の王のことなんざ知ったことかよ。強い奴と戦えればそれでいいんだ」

「ああ、そういえば力を求めてたな。久しぶりだから忘れてた。まあ、こっちとしては戦力が増える形だからいいが」

「お前と共闘するとは思わなかったな」

「こっちもだ」

シャドーフの強さには信が置けるので、これからの戦いにおいて心強くはあった。

「二人はどんな関係なのよ」

「二度戦った。一勝一分け。今戦ったらどうなるか」

ぜひとも試したいとシャドーフから挑発するように戦意を向けられるものの、平太は流す。

「まあ、最初のようにボロ負けはしないさ。俺だっていくつもの戦いの経験は積んでいる。仲間と一緒にお前以上の敵とも戦った」

「シャドーフ以上の強さの敵ってそうそういないと思うんだけど、なにと戦ったのか」

ネメリアの質問は答えられることはなかった。平太がシャドーフの仲間を嫌って答えなかったというわけではなく、封印を見つけ、そこに角族がいたからだ。傘を差した少女の角族で、片目に花飾りのついた眼帯をしている。

封印の目印である大岩のすぐ近くに地下への穴が開いている。その先にエラメーラが封じた魔王がいるのだろう。

シャドーフはその角族を見て口を開く。

「あいつ、生きてたのか」

その声音《こわね》に生存を喜ぶ感情はなく、ただ見たままを口に出したといった感じだ。

平太が何者かとシャドーフに尋ねると興味なさげに返してくる。

「以前負けた奴だ。強くなってから、エラメルトにちょっかいかけておびき寄せて、ボロボロにしてやった」

ボロボロにして、貶《けな》して、見逃すという以前やられたことをそのまま返したのだ。

ちょっかいとはカテラが病気になったときのことだ。ボロボロにされた礼に少女の角族《つのぞく》を探そうと思ったが、エラメルトに近づくなと言われたことを思い出し、探すよりもおびき出す方が早いと考え、エラメルトに病気を撒《ま》き散らしたのだった。

格下相手に隠れる気もなく、シャドーフは堂々とその角族の前に姿を見せる。

シャドーフを見た少女の角族は、驚いたあと、怒りと憎しみに顔を歪《ゆが》ませた。

「あんたっよくもよくもよくもぉっ！」

シャドーフを、気が弱い者ならば気絶しそうな視線で見る。

それをシャドーフは気にせず、ただ邪魔だなとだけ思う。相手は再戦を望んでいそうだが、執着心は感じるものの強くなった様子はないのだ、興味はまったく湧かず戦ってみたいとは思わない。これから極上の相手と戦うのだから、消えてくれとさえ思っている。

「そこどけ邪魔だ。弱い奴はどこかでこそこそしてろ」

しっしっと手を振ってどかそうとするシャドーフに、少女の角族の怒気はさらに増した。

怒りのまま少女の角族はシャドーフへと突進する。それをシャドーフは突き出された右腕を掴《つか》んで、突進の勢いを殺さず放り投げた。

それなりに遠くへと飛んでいく少女の角族を見ながらシャドーフはネメリアに話しかける。

「ネメリア、あれを相手しとけ。背後から何度も突っかかられても邪魔だ」

「はあ!? あんなに怒ってる奴を相手しろって」

「今日の鍛錬はあれとの戦いだ。わかったな？」

「……わかったよ」

ネメリアは肩を落として了承する。なにを言っても拒否は無理だと察したのだ。

「グラース、ここを頼める？　あれが背後からっていうのはたしかに面倒だし」

任せろとグラースは吠《ほ》える。そのグラースに平太はカレルの宝珠を再現して差し出す。

「使い方はわかるだろ？」

グラースは吠えて宝珠を咥《くわ》える。口の中に入れておいて、隙《すき》ができれば冷凍砲を叩《たた》き込むつもりだ。

平太の言葉にネメリアはパァッと顔を輝かせる。グラースの実力はわからないが、一人よりはだいぶましだと思えた。この助力にシャドーフがなにか言うかとネメリアはそちらを見るが、なにも言わず穴の方向に視線を向けていたことで、協力者の存在はありだとほっと胸をなでおろす。

「行くぞ」

用事はすんだと判断しシャドーフが歩きだし、平太はグラースを一撫《ひとな》でして追う。

二人が地下へと続く穴に入ると、すぐに少女の角族《つのぞく》がネメリアたちの前に姿を見せる。まさに怒髪天《どはつてん》を衝《つ》くといった形相で、ネメリアたちを睨《にら》みつける。

「あいつはどこ行ったぁっ！」

「先に進んだわよ。私たちにあなたの相手を任せて」

「そこをどけ！　あいつにこの怒りを叩《たた》きつけなくてはいけないのよ！」

「できないわね。通すと後が怖いもの」

「だったら押し通るまでよ！　さっさと潰《つぶ》れなさい！」

「グラースだっけ？　頑張ろうね」

「ガウ」

怒りのまま突っ込んでくる少女の角族へ、ネメリアとグラースも突っ込んでいく。

外で戦いが始まった頃、平太とシャドーフは明かりの札を使い先の見えない穴を速めのペースで歩いていた。
通路はわずかにカーブを描いているようで、背後に見えていた入口は見えなくなってい
て、前後ともに真っ暗だ。
二人の間に会話はなく、静かな通路に足音のみが響く。そうして体感で三十分弱といっ
たところで前方に明かりが見える。
明かりから目をそらさずシャドーフが口を開く。
「あそこだな。気配も強くなっているし」
「気配は角族のものなのか、それとも魔王のものなのかわかるか?」
足を止めず二人は口を開く。
「質の違いまでは判断つかん。ただしそこらの角族より強いってのはわかる」
「そうか」
平太はすでに魔王の封印が解けているつもりで気合いを入れる。剣を抜き、盾を左手に
持つ。
シャドーフに武具はなく、拳《こぶし》を握り、戦いが楽しみだと薄い笑みが口元に浮かんでい
た。
すぐに封印の大本に着く。そこは正方形の空間で、縦横十メートルほど、高さ八メート
ルほどだ。四方に石の柱があり、地面には石畳が敷かれていた。奥には祭壇のようなもの

があり、そこにエラメーラに似た大人の女性の石像がある。その石像にはいくつかのひびが入っていて、黒い湯気のようなものがわずかに漏《も》れ出ていた。

石像の前に誰かいて、封印の間に入ってきた二人に気づいたようで振り返る。

その人物に平太は見覚えがあった。

「いつだかの行商人？」

エラメルトやローガ川の町で会ったことのある行商人だった。行商人の額には以前にはなかった黒角《くろつの》がある。

「もう来たのか。それも角族と一緒に。いや角族か、そいつは？」

シャドーフを見て、不思議そうな顔となった角族。

「普通の角族からはずれて、人間に近くなってんだろうよ。まあ俺は自身がどうであろうと気にしちゃいないが」

「再現使いに、角人《つのびと》とでも呼べる存在か。主復活《あるじふっかつ》を邪魔されないため策を弄《ろう》して遠ざけたというのに。あいつら役に立たなかったな」

「策？」

角族の言葉に心当たりがないと平太は首を傾《かし》げる。

「子供をさらわせてエラメルトから遠ざけたことだが？」

「あれ、あんたのせいだったのか⁉」

「主復活に際して準備は万端にしておきたかった。障害となりうるものは排除しようとしていろいろと調べたのさ。神や人は簡単だ。町から動けないように魔物を仕向ければいい。だがお前はあの町に縛られているとは言い切れない。現にお前はいなくなっていた。それでも戻ってくる可能性はあると考えた。だからお前をエラメルトから遠ざけるための手段として子の縁を動かした。解決にもっと時間がかかると思ったのだがな」

「俺一人遠ざけるためにそこまでするのか」

警戒しすぎだろうと、驚きと呆《あき》れを平太は抱く。

「するとも。再現使いはかつて魔王を倒したと伝わる。復活を目立つ形で行えば確実に立ちふさがるのは君だと考えたさ」

「誰もかれも、どうにも特別に考えすぎじゃないか。そりゃ再現はとても便利だが、一人でなんでもやれるわけじゃない。魔王だって頼れる仲間と一緒に倒した。一人で戦っていれば確実に負けた」

「まるで魔王と戦ったことがあるような物言いだな」

角族は若干不思議そうだ。過去に行ったことを知らなければ無理もないことだろう。

平太はそこに気づいたが説明などはしない。

「まあいい。こうして目の前に現れたのだから、いまさらなにを言っても無駄だろう。もう少しで順調に復活は叶《かな》ったのだが、無理矢理起きていただくとしよう」

「させると思うか」

まだ復活していないならこのままにしておく方がいい。そう考えた平太が突っ込もうとしたとき、シャドーフが平太の腕を掴《つか》んで阻止《そし》した。

「なにすんだ⁉」

「せっかく強敵と戦える機会を奪うんじゃねえよ」

「馬鹿言うな！　弱体化していようが、魔王は魔王だ。戦わないにこしたことはないんだぞっ」

平太がシャドーフに文句を言っている間に、角族《つのぞく》は考えていたことを実行する。石像を背にして、自らに剣を突き立てる。胴を突き抜けた刃《やいば》の切っ先が、石像に食い込む。刃を伝って、角族の力が石像に注がれていく。それにともない石像のひびが広がっていった。

「それが無理矢理起こす策なのか？」

平太を掴む腕を振り払われながらシャドーフが聞く。

「封印は強固だ。力任せに破るには硬すぎる。主《あるじ》は死に関連した力を持っていた。だから死を媒介にした力が、封印を解くきっかけとして一番適している。感じるだろう？　主の力が膨らんでいくのを」

シャドーフだけではなく、平太も以前感じた魔王と似た力が封印の間を満たしていくのを感じる。同時に平太はエラメーラの力も感じた。慣れ親しんだ力で、間違えようもないはずのものだ。

封印に使われていたというものならば、この部屋に入った時点で感じていてもおかしくはない。けれど感じたのは封印が大きく崩れてからだ。

「どういうことだよ。魔王が復活するなら魔王の力を感じるのはわかる。けどなんでエラメーラ様の力も感じるんだ？」

それに誰かが答える前に石像が壊れた。

石像の中には誰かがいて、剣を胴に刺したままの角族が振り返る。その表情は致命傷を負っている苦しさなど感じさせない、復活を喜ぶものだ。しかしすぐに喜びから困惑へと表情が変わる。

「誰だ？　我が主はどこだ⁉」

演技ではない心底戸惑った声が平太とシャドーフの耳に届いた。

像が壊れ、姿を見せたのは黒い長髪の女だ。ねじれた黒角が頭部の左右から生えていた。見た目の年齢は二十代半《なか》ばくらいか。紅《あか》い目にも表情にも感情はなく、疑問の声を発する角族を見ても無表情なままだ。

封印されていたときに着ていたのか、服はくるぶしまである白ローブで、靴はない。

角族は「誰だ、どこだ」と言いながら地面に倒れる。そのまま動かなくなるまで、疑問の声を発していた。

「どういうこった？」

「さあ」

状況を見ていたシャドーフの疑問に、平太も首を傾《かし》げるしかない。ここにいたのは封印されていた魔王ではないのかと、エラメーラが言っていたことが間違っていたのかと疑問しかない。わかっているのは女の角族《つのぞく》が現れたという見たままのことだけだ。

「お前はなんなんだ？」

誰もわからないならば、本人に問うてみようとシャドーフが聞く。ついでに戦いたいと殺気も叩《たた》きつける。

それに反応し、女の角族は表情は変えないままシャドーフへと殴りかかってきた。それは戦いの意思があるというよりも、反射といった感じだった。

「なにも語らず、ただ戦うか。シンプルでいい！」

女の角族の拳《こぶし》に、シャドーフは拳を叩きつけながら言う。

「お前が殺気なんてぶつけたからだろ！　もっと穏やかにいけたかもしれないのに」

「俺はここに戦いに来たんだ。穏やかさなんぞ求めてねえよ！　戦って勝つことが目的だ！」

女の角族と殴り合いを続けながら答える。

殴り合いはシャドーフの劣勢で続いている。女の角族の拳に押し負けているのだ。

「そんなこと言って押し負けてんじゃねえか！」

「ああ、魔王っていうだけはあるな。力も速さも一級品だ」

「それほんとに魔王なのかよ！」

「さあな！　魔王じゃなけりゃそれでもいいさ。強ければなっ」

そう答えるシャドーフに焦《あせ》りはなく、余裕すら感じさせる。それに平太も気づき、加勢を控え、様子見に徹する。

すぐにシャドーフは女の角族の攻撃を避け始め、一方的に攻撃を行い始める。

「期待外れだ。強さは一級品だが、それを振り回すだけ。頑丈で倒しにくいってだけだっ」

言い終わると同時に、女の角族を蹴り飛ばす。地面を転がった女の角族に、シャドーフは追撃として掌《てのひら》に出現させた黒炎を投げる。

黒炎は女の角族に命中し、服を焼き、肌も焼く。

「あああああああっ」

悲鳴なのか、甲高《かんだか》い声が上がり、そのすぐあとに焼いていた黒炎がはじけ飛んだ。

女の角族は浮かぶように起き上がり、あちこちと火傷《やけど》した裸体を隠すことなく、無表情で声を上げ続ける。

「どう見ても追い詰められているようには見えないんだけど」

平太はむしろここからが本番ではないかと、剣と盾を構えた。

シャドーフもあっさりと終わらなかったことに期待の視線を向ける。

女の角族《つのぞく》の周りに、白い靄《もや》のようなものが集まりだす。その靄はすぐそこに倒れている男の角族や地中で生きる魔物の姿をとる。ミミズ、モグラ、蟻《あり》などなどだ。そして男の角族は形を崩して、女の角族にまとわりつきローブのようになり、ほかのものはそのまま空中を漂う。

「封印されていた魔王は死者を扱う能力を持っていたと聞く。この角族はそれの縁者なのか？」

平太は目の前の光景にそう漏《も》らす。

死んでいた角族の魂を操ったことから、地中で生をまっとうした魔物たちの魂も操っているのだろうと、今起きている現象を推測する。

「さてな。わかることは戦いは続くってこった」

シャドーフはそう言い、再び突っ込んでいく。

ほぼ同時に女の角族も周囲を漂う魔物の魂を二人に飛ばしてくる。

狙いのつけられていないそれを、シャドーフは拳《こぶし》にまとった黒炎で焼き、平太は避ける。

平太も浄化の能力を再現して対処できるが、何度も使えないため今のところ避けるしかない。

「うざってえ！」

自分に向けられた魂を燃やし尽くしたシャドーフが、女の角族へと黒炎を飛ばす。

するとと女の角族は自身の目の前に魂を集めて壁として、黒炎を防いだ。

それを見てシャドーフは笑う。

「ほー、考えて戦うようになってきたじゃないか。それでこそだ！」

「嬉《うれ》しがるなよ！　倒すのが大変になったってことだろっ」

「大変だからこそ、勝利して得るものが大きいんじゃねえか」

「俺はさっさと倒してしまいたいんだけどな！」

言いながら平太は冷凍砲を再現する。炎が駄目ならばと試しに使ったのだが、凍りつき砕けた魂の壁の向こうには傷一つついていない女の角族がいる。

反撃として魂が飛んでくる。平太はそれを避けて、近くを通る魂の軌道へと剣を振るう。

「やっぱり効果なしか」

剣をすり抜けていった魂を見て、物理的な対処は無理だと再確認する。冷凍砲が防がれたのは、向こうが物理防御として魂を使ったからだろう。

平太はシャドーフへと声をかける。

「どうやって勝つか道筋は浮かんでるのか？」

「最大威力の攻撃を叩《たた》き込めばいけるだろ」

シンプルな返答に平太はため息を吐《つ》く。叩き込むまでの道筋やどういった類《たぐい》の攻撃なのか、そこらへんを答えてもらいたかったのだ。

「具体的にはどんな攻撃なんだよ」

「拳《こぶし》に大量の黒炎を集中だな」

「魂でできた壁や服が邪魔しそうだけど、それについての対処は？」

「すべて燃やし尽くせばいい」

「本体に攻撃が届く前に威力が減るだろ、それ。俺がやるべきは壁や服をどうにかすることだな」

平太の攻撃で女の角族《つのぞく》に届きそうなのは魔王の火炎砲だが、地下で使って酸素を燃やし尽くしたり、封印の間が崩れたりすると困るため積極的に使おうとは思わない。ならば有効打を持つというシャドーフのサポートに回った方が確実だろうと思えたのだ。

「どうにかってどうやんだよ」

「今思いついているのは接近して壁や服を浄化することだな。そうすれば威力そのままの攻撃が叩き込めるだろ。素直に近づけさせてくれるとは思わんが」

「俺が気をひくからさっさと近づいちまえ。少しは考えるようになったとはいえ、まだまだ甘いしな」

「じゃあ、さっさとやってくれ」

平太とシャドーフは方針を決めると互いに離れる。平太は後ろに下がり、シャドーフは前に出る。

両手に黒炎をまとわせてシャドーフは、女の角族に殴りかかる。

それの痛さを覚えている女の角族はシャドーフの接近を阻《はば》むために、そちらへと魂を使った攻撃割合を増やす。

動きやすくなった平太が少しずつ近づくと、それに気づき平太への攻撃を増やす。かわりにシャドーフへの攻撃が減る。シャドーフがさらに歩を進めると、再びそちらへの攻撃が増える。

それを繰り返し、あと五歩でシャドーフの拳が届くといった距離で、女の角族からの攻撃がやむ。

二人はチャンスだと考え、距離を詰めようと進む。

「あああああっ！」

もう少しでシャドーフの拳が届くというところで、女の角族は全方位へと白い波動を飛ばした。これまでの攻撃は対処されると、新たな攻撃を考え実行したのだろう。

「うお⁉」「んな⁉」

二人はそれに弾き飛ばされ、地面を転がった。すぐに顔を上げて、追撃で飛んできた魂を転がり避ける。

起き上がった二人は、攻撃を避けながらダメージの確認をする。

思いっきり平手打ちされた程度の衝撃で、ひりひりとした痛みがあり、それもすぐに引いた。動くことに支障はなく平太はシャドーフを見る。

「こっちはそこまでダメージはなかった」

そっちはと平太が視線を向けてシャドーフに聞くと、問題ないと返ってきた。

「時間をかけるほどに戦い方にバリエーションが出てきてる。あまり時間をかけない方がいいな」

「俺としては戦いがいがあって喜ばしいことだ」

「お前ならそう言うだろうと思ったよ」

このバトルジャンキーめと呟《つぶや》き、平太は女の角族《つのぞく》に視線を戻す。

これ以上厄介になる前に多少のダメージ覚悟で突っ込み、防御を剥《は》ぐと決めて、それをシャドーフに伝える。

平太がさて動こうと考えたとき、再び攻撃がやむ。

「また、あれか？」

「違う攻撃も考慮しとけ」

シャドーフから助言めいた言葉が送られ、平太はしっかりと防御を固めることにする。

平太がアロンドの反射で包む防御を再現したのと同時に、シャドーフも体全体を黒炎で包む。

二人が防御を固めるのと同じタイミングで、女の角族は左手に魂を集中し、左から右へと薙《な》ぐ。左手の動きにそって、圧縮された魂が十センチ弱の太さの線で勢いよく放出されていった。

シャドーフは高く跳ねて、平太はしゃがんで避ける。平太の背中を放出された魂がかすり散っていったが、かわりに防御をごっそりと削っていった。

「かすっただけで防御がなくなるって」

この防御は魔王の火炎砲にもしばし耐えたのだ。あれ以上のダメージを与えてくる攻撃にひやりとさせられた。

シャドーフにしっかり伝えておくべきことだと、声をかける。

「当たったらやべえぞ」

「そんなに威力あったか？」

「俺が使っていた防御は魔王の高威力攻撃に十数秒耐えた。それがかすっただけで防御がなくなった。あの攻撃は魔王のものと同等かそれ以上と考えた方がいい」

シャドーフは平太に魔王との戦闘経験有りというところに少し訝《いぶか》しげな表情を浮かべたが、追及する場面ではないと威力について信じることにした。

「……今は扱い慣れていないから溜《た》めが必要と仮定すると、時間が経てば溜め無しか、もしくは複数の方向への攻撃が可能になると考えた方がいいな」

「それやられると手に負えなくなるんだが」

「早期決着が望ましいか」

シャドーフも女の角族《つのぞく》が行きつく強さを想像すると、さすがに戦いを楽しむ余裕がなくなってきた。だがそれを乗り越えたとき、さらなる強さを得られるという思いは消えていない。強さを求めるというのが今のシャドーフの根源なのだから、そういった考えは消えないのだろう。

「これだけ戦っておいて、早期決着もないけどなっ」

魂を飛ばすという通常攻撃を避けながら平太が言う。

「さっきの方針で行くぞ。俺も渾身《こんしん》の一撃をすぐに放てるように準備しておく」

「使えるかどうかわからないが、これを通して炎を生み出せ」

投げられたカレルの宝珠を受け取ったシャドーフが、それがなにか問うこともなく、その場に留《とど》まり右手の拳《こぶし》に黒炎を集中させていく。

平太は自分用にカレルの宝珠を再現してから、それを使用してアロンドの反射を使用する。シャドーフに攻撃が当たらないように盾として射線上を走る。

飛ばした魂を避けるまでもなく弾く平太に、女の角族は魂の圧縮放出を行う。

それに対し平太は、もう一枚の反射盾を目の前に再現して止まらず突っ込む。

魂の圧縮放出は一枚目の反射盾をあっさりと突き破り、平太の身を包む防御も貫く。だが二枚の防御が威力を多少減らしてくれたのか、右胸を強《したた》かに打ち付けはしたものの肉を貫くようなことはなかった。

「っ！」

歯を食いしばって痛みに耐えて、女の角族へと手を伸ばす平太。

そのまま女の角族の攻撃を受け続ければ、胸を貫かれたかもしれないが、そうなる前に平太の手は届いた。

「浄化！」

再現された浄化は効果を発揮し、女の角族の服や周囲の魂も消し去る。

平太は地面に転がり、シャドーフに道を譲る。

「おおおおおおっ！」

雄叫《おたけ》びを上げたシャドーフが右腕を振りかぶり突っ込む。シャドーフの右腕は炎に包まれておらず、拳から肘辺《ひじあた》りまで黒く染め上げられていた。

無防備になっていた女の角族は初めて表情を変えた。これまでずっと無表情だったが、今は迫るシャドーフを睨《にら》みつけている。シャドーフの攻撃が自身の命を奪うものと理解できたのだろうか。自身の拳に己の魂を集中させて、迫る拳に叩《たた》きつける。

両者の拳《こぶし》がぶつかり合ったと同時に平太も動いていた。続く痛みに顔を顰《しか》めて、持っていた剣を女の角族《つのぞく》へと投げた。ダメージを期待したのではない、少しでも集中力が途切ればと思っての行動だ。

平太の剣は女角族の角に命中し、頭部をわずかに揺らす。それがきっかけなのか、もとより威力が違ったか。シャドーフの拳が、女の角族の拳を砕き、そのまま胸も貫いて、体全体を燃え上がらせた。

「ああああああああああああああああっっっ」

炎に焼かれながら女の角族はこれまでで一番大きな声を上げる。

シャドーフが拳を抜いて下がると、女の角族はその場に倒れる。徐々に声は小さくなっていき、やがて途絶えた。

その場に残るのは焼け焦げたわずかな肉と骨のみだ。

それを見届けて平太は、その場に座り込む。傷む胸に治癒の能力を使う。

「終わったぁ」

「終わってみれば、なかなかの戦いだったな。成長もできたし、能力の先も見えた」

そう言うシャドーフの右腕は元の色に戻っていて、だらりと下げられ、ぴくりとも動いていない。力を集中しすぎて麻痺《まひ》状態なのだ。

「そればっかだな、お前は。俺も成長はしてるけど、それよりも終わったことの安堵《あんど》の方が大きいわ」

「強くなることが生きる目的だからな。それにしてもあれは結局なんだったんだ」

シャドーフは言いながら骨に視線をやる。平太も骨を見て、首を振る。

「さっぱりだ。破壊力という点で魔王級、それ以外はそこらの角族並みか、ちょい上。そんなことしかわからん」

一応骨を回収して、エラメーラに見せるつもりの平太は風呂敷を再現して、それで骨を包む。

「さて帰るか。グラースたちも勝ってるといいんだけど」

「苦戦はしても負けはせんだろうさ」

「ネメリアだっけ？　仲間のこと信頼してんだな」

「あれに負けない程度には鍛えてある」

歩きだした平太の隣を歩きつつシャドーフは答える。

二人が穴から出ると、ネメリアとグラースは戦いの疲れをとりながら、平太とシャドーフを待っていた。

近寄ってきたグラースの頭を撫《な》でて、平太はシャドーフを見る。

「じゃあな。あまり暴れんなよ」

「知るか。俺は俺のやりたいようにやるだけだ」

そう言ってシャドーフは座っているネメリアを軽く蹴り、歩きだす。

立ち上がったネメリアは平太たちに一度手を振って、シャドーフの後を追う。


平太は木々の向こうに消えた二人からグラースへ視線を戻し、王都への転移を行う。孤児院に戻り、リヒャルトに封印の場所であったことを報告して、一泊の許可をもらう。あの戦いの疲れのままエラメルトの魔物討伐戦に参加したくはなかったのだ。

翌朝、疲れはほぼとれてリヒャルトに礼を言い、皆で孤児院を出る。その足でファイナンダ家に向かい、そこでパーシェに一緒に帰るか尋ねると頷《うなず》きが返ってきたので、パーシェの準備が整うのを待つ。

その間パーシェの両親がミナを構う。パーシェから話を聞き、平太の子供は自分たちの孫のようなものと考えたのだ。両親の中ではパーシェと平太の結婚は確定済みということなのだろう。

平太としてもパーシェとの結婚は前向きなのだが、今はパーシェの両親の考えがわからず、子供好きなのだろうかと思っている状態だ。

準備を整えたパーシェが戻ってくる。その後ろには効果の高い薬を入れた袋を持った兵もいる。戦いが続いているにしろ、終わっているにしろ、薬はあった方が喜ばれるだろうと集めていたものを転移で一緒に運ぶつもりなのだ。

「また来てね、ミナちゃん」

「またな」

パーシェの両親に頭を撫《な》でられミナは笑顔で頷く。

平太も転移を使う前に、二人に挨拶《あいさつ》する。

「お世話になりました。状況が落ち着いたらまた訪問させていただきます」

「ええ、楽しみにしているわね」

「向こうはまだ荒れているかもしれないから、気をつけるのだぞ」

「気遣いありがとうございます」

礼を言い、平太は転移を使う。

転移先はエラメルトの外ではなく、エラメーラの私室だ。戦場になっているかもしれないところにミナを連れて行けないし、戦いの邪魔になるかもしれない。だから転移先はこちらしか選べない。

「あ、おかえり」

私室にいたエラメーラが出現した平太たちに声をかける。

「はい、ただいま帰りました。封印の件についてもなんとかなりました」

「そうみたいね。封印がなくなったのがわかったわ。ミナも無事でよかった」

エラメーラがミナに笑みを向けると、ロナに抱かれているミナも笑顔を返す。

その様子から誘拐《ゆうかい》されたことによる精神的なショックは少ないとエラメーラは見て取る。

ミレアたちに無事を知らせるためロナたちが帰っていき、平太は封印の場所であったことを話す。

「封印が解けたのはわかってたし、角族《つのぞく》の仕業だろうと予想もついていたわ。でも角族と共闘して倒してくるのは予想外よ」

驚きと呆《あき》れの視線を向けられて平太は苦笑する。平太自身もシャドーフとの再会と共闘は予想もしていなかったのだ。

「俺もあいつと共闘することになるとは思ってなかったです。しかも角人《つのびと》とか言われてたし」

「角族から外れて、人に寄った存在。そんなものが出てきたのね。むやみに暴れるような存在でなくてよかったわ」

暴れないといっても目的のために手段を選ばないところはある。しかしほかの角族も似たようなものだから、それらよりもましということなのだろう。

そんなシャドーフに関した厄介事がすでに出ているのをエラメーラが知るのは数日後のことだ。

「封印から出てきた女の角族はなんだったんでしょうか？　あそこに封じられたのは魔王

ではなかったんですか？」

敵を欺《あざむ》くにはまず味方から、という考え方もある。エラメーラがあそこを囮《おとり》にしていて、別のところに本命があるのだろうかと平太は思う。

「あそこには男の魔王を封じた、それは間違いない。だから推測になるけどいい？」

平太が頷《うなず》き、エラメーラは話を続ける。

「考えられることは二つ。弱体化し、封印に使っていた私の力の影響を受けて見かけや能力が変化した。弱体化したことで力を取り戻すため、封印に使われていた私の力を取り込み、それによって見た目や能力が変化した。この二つ。どちらも似たようなものだけど、違いはある。前者は角族のままで、後者は角族から別のものに変化していたのではということ」

平太は、角族が別のものに変化することなどあるのだろうかと疑問を発しようとして、シャドーフという前例を思い出す。

「私としては後者じゃないかと思ってる。なんというか戦っていたときの話を聞くと、生まれたばかりの存在のように思えたの」

「生まれたばかり……」

エラメーラの言葉に平太は戦ったときのことを思い出す。

あの角族が最初に上げた声が産声《うぶごえ》だとすると、明確な感情や目的なく本能のまま動き、様々なことを学んでいったと考えられる。

「ああ、納得できるものがありますね。だとしたら友好的にいけば戦わずにすんだのでしょうか」

「どうかしらね。誕生過程は違うけれど、堕神《おちかみ》と似たような存在だから暴れた可能性もあるし」

神に歪《ゆが》んだ力が入り込んだものが堕神で、今回は魔王に神の力が入った。順序が違うものの、持つ力は同じだろう。

両者の違いはあの角族《つのぞく》の時間経過を観察しなければわからなかったはずだ。

「なにかわかるかと、残った骨を持ってきたんでした。神殿で引き取りますか？　必要ないのなら浄化して砕いて川にでも流そうと思いますが」

「うーん……一応預かっておくわ。調べてみたらなにかわかるかもしれないし」

ではこちらをと平太は包んできた骨をエラメーラ近くの床に置く。

「それで今回の報酬だけど」

「報酬はリヒャルト様への手紙ということでいいと思います。あれはすごく助かりましたから」

「助かったというなら、こちらもなのだけど。魔王の封印を解かれてから時間が経っていたら、とても厄介なことになっていたでしょうし」

「時間が経って、戦い方とかを学んでいたらそうなっていたでしょうねぇ」

生まれたばかりだから勝てた。そう指摘されたら平太は素直に頷《うなず》くだろう。戦いが打撲だけですんだのは運が良かったのだ。あの角族は持っていた身体能力や能力は特上品だったが、経験という点で未熟だった。そこに経験が合わさったあとのあの角族とは戦いたいとは思わない。

「納得できたようね。というわけで報酬なのだけど……なにがいいかしらね」

お金以外にこれといって思いつかないエラメーラは平太に尋ねる。

平太は少し考えて、これならば神殿に負担がかからないだろうというものを思いついた。魔物との戦いの影響もあって、あまり金銭的負担をかけたくないのだ。

「でしたらこちらから要望をよろしいでしょうか」

「ええ」

「転移先を増やしたいので、転移の使い手にあちこち連れて行ってもらいたいのです」

リヒャルトにラフホースの肉を渡す約束もあり、ガイナー湖への転移ができれば便利なのだ。ほかの場所へも転移できればとても便利だと考えた。

平太が必要と思ったもので、神殿から与えることができるものだ。

「気を使わせたかしら。いいわ、神殿所属の転移の使い手に頼んでおくわね」

「よろしくお願いします」

「さて、封印に関しての話はこれくらいで、ほかに聞きたいことある？」

「襲ってきたという魔物はどうなりました？」

「戦った者たちに被害は出たものの撃退できた。この件であなたに関連したことは、ミレアとロアルが戦いに加わっていたということかしら」

「ミレアさんが？　怪我《けが》とか大丈夫だったのかな」

ロアルの強さは最近確認したばかりで、そこらの魔物には負けないだろうという信がある。しかしミレアは戦闘経験があるのはわかるが、どれくらい強いのか正確なところは不明なのだ。だから心配する。

「無茶はしなかったみたいで、かすり傷を負った程度よ。ロアルも似たようなもの」

よかったと平太は胸をなでおろす。

ミレアは日頃から実力が衰えないようにしていて、今回の件も鍛錬の一部として参加していた。自分の本分は平太が帰ってくる家を守ることだと考えているので、戦闘でも無理をしなかったのだ。

ロアルは見知っている人の参戦に驚き、守ろうとコンビで戦っていたが、思っていた以上の強さで少ないフォローですみ、ときに助けられることもあった。

「町に被害はありましたか？」

「小物の魔物が入り込んだけど、待機していた兵によって倒されているわ。町中での死者はゼロ」

「町中ではということは外では死者が出たんですね」

「そこはもう仕方ない。命をかけた戦いだもの、死者はどうしても出る」

「そうですね」

過去の魔王戦でも死者は出たのだ。戦いの規模が大きくなるほど被害が大きくなるのは平太も理解している。

「だとするとオーソンさんは治療で忙しいですかね」

「そうね、順調に回復しているカテラのそばにいたいでしょうけど、戦場での治療も大事だと向こうに行っているわ」

「カテラさんは回復したんですね」

「ええ、今は見習い兵に混ざって衰えた体力などを元に戻しているところよ」

そういった訓練ができるだけでもとても楽しそうで、オーソンは本当に良かったと喜んでいる。

聞きたいことは粗方聞けて、平太はエラメーラに別れを告げて神殿を出る。

家が見えてきたことで、連続した用事がようやく終わってのんびりできると思う。

しかし数日後に魔王に関連した用事が発生する。そのことを知らず、平太は狩りなどの予定を立てながら家に入っていった。

第四十二章　勇者誤召喚

平太たちがいる国ウェナの近くにセランという国がある。

元はウェナと一つだったその国にとある森がある。大きめな森ではあるが危険な場所というわけではない。むしろ魔物の質は低い。

森の恵みあふれるここに入る者は多く、奥へ奥へと足を踏み入れることも珍しくない。だが実際に奥へと足を踏み入れる者は少ない。いつのまにか進行が逆になっているのだ。このことから地元の人間は、入れずの森と呼んでいる。

隠されたものに興味を抱く者は多く、何人ものハンターや学者が足を踏み入れたが結果は変わらず、ならばと俯瞰《ふかん》といった見る能力で秘密を暴こうとしたが、それも無駄だった。

ここのことを国は把握しており、神によって隠された地と書庫に眠る本に書かれている。それ以上の情報はなく、触れてはならぬ場所と考えていて国がその森に干渉することはない。

そんな場所に魔王に対抗する勇者を招く神殿はあった。

前日から招きの神殿は騒がしかった。普段は周辺の森の空気に合わせるように穏やかに時間が流れるここだが、異常が起きたのだ。

魔王の発生にともない反応した石碑が神殿中に響く大きな音と振動を発生させたのだ。

その報が神殿内に広がると、皆慌ただしく動きだした。ある者たちは日頃から練習している召喚の準備を始め、ある者は歓迎の準備を進め、ある者は魔王発生の知らせを各国に行う準備に取り掛かる。

忙しい彼らは気づくことがなかった。石碑が不安定なことに。反応しているということだけに気を取られて、音がしたりしなかったりを繰り返すことのおかしさに。そういったことは文献に載っていなかったことを彼らは気づかなかった。

無理もないのだろう。彼らの役割は魔王発生を知り、希望を呼び寄せること。それが彼らの役目であり、平穏を導く誇るべき役目。それが果たせるとなれば気もそぞろになる。

そうして召喚の準備は整った。

そろいの衣装を着た召喚の儀式担当者が、召喚陣のある大部屋に集まり、緊張した面持ちでいる。

そこに神殿長がやってくる。四十才を過ぎた落ち着きのある女性で、わずかながら緊張した様子を見せている。

「みなさん。準備はできていますか？　私たちが失敗しては犠牲となる人が増えるのです。

不備なく落ち着いて行わなければなりませんよ。一度作業を止めて、深呼吸しましょう」

神殿長の言葉に部屋にいる者たちは作業する手を止めて、深呼吸を繰り返す。まだまだ緊張感は漂うものの、ある程度の落ち着きを取り戻す。

神殿長はその様子に頷《うなず》く。

「よろしい。では進展報告をお願いします」

「はいっ。まずは陣の再点検を行い、異常がないことを確認しました」

一度だけではなく、三回の点検をメンバーを代えて行っていた。少しのミスも見逃さないためだ。

「次に陣の起動テストを行い、スムーズに起動できることが確認されています」

「よろしい」

「最後に陣起動後の召喚手順をひととおりテストしているところでした」

「なるほど。では続けなさい」

「はいっ」

神殿長が見守る中、召喚担当者たちは力を使わず、陣を囲むように立ち、練習通りに召喚を進めていく。

神殿長から見ても問題なく終わり、十分の休憩ののちいよいよ召喚が行われることになる。そして待ち望んだ召喚が始まる時刻になり、神殿内は緊張と静寂で満たされていた。

「始めます」

「ええ、お願いしますね」

召喚担当者の一人が開始の宣言を行い、神殿長が頷く。

陣を囲んでいた一人がしゃがんで、陣になんらかの文字を指で描く。すると陣がほのかに光を放ち、床に紋様《もんよう》が現れる。

それを見て陣を囲むほかの者たちが両手を掲げ、力を陣に注いでいく。紋様の輝きが強くなり、陣から光の粒が発生し、陣の二メートル上に集まっていく。やがて光は天井に届く柱となった。

「神殿長、仕上げをお願いします」

呼ばれ頷いた神殿長が陣に近づく。首にかけていたネックレスを外すと、それを通して力を陣に注ぐ。真っ白だった光の柱が黄金の輝きに変わる。眩《まぶ》しさを感じさせない輝きに見惚《みと》れる者は多く、神殿長もその一人だった。

けれど見惚れたのも一瞬で、表情を引き締めた神殿長は口を開く。

「こいねがいます。我らは危機にあり、助けを求めます。異界にて我らの声を聞き届けた気高き方、どうかその力をお貸しください」

形式的なものでなく、心の底からそう願っているという声音《こわね》が響く。最後にネックレスについている宝珠を陣に触れさせる。

これで召喚の儀式は完了で、成功していれば黄金の柱の中に召喚された人がいるはずだった。この儀式は無理矢理召喚するものではなく、語りかけ了承を得て呼ぶものだ。断られたらそれを示す色へと柱が変化するのだ。

広間にいる者たちは固唾《かたず》を飲んで陣を見守る。やがて柱の中に影が現れた。

成功だと皆が安堵《あんど》し、黄金の柱が細くなっていき、影のみだった人物の姿が見える。

その人物は呆気《あっけ》にとられた表情で立ち、固まっていた。

「ようこそおいでくださいました、勇者様」

神殿一同が片膝《かたひざ》をついて、歓迎の意を示す。

「ほ、ほんとに召喚されちゃったよ」

年若い男の声が静かな広間に響く。自身に起きたことが信じられないという戸惑いの感情に隠れて、純粋な期待感も男の声にはあった。

男の年は十六才くらいか、深い緑の髪に同色の目。メガネにパーカーにチノパン姿という平太と似た文化観をにおわせる。

「チートキターって喜んでいいのかこれ⁉　活躍して人々に称賛されちゃう？」

テンションが上がり、わくわくした雰囲気を漂わせる少年と青年の狭間《はざま》を感じさせる男に、立ち上がった神殿長が近づく。

「初めまして勇者様。私はこの神殿の長ハーネリーと申します。お名前を伺ってもよろしいですか」

「え、あ、うっんん」

はしゃいだところを見られて少し恥ずかしそうにしていた男は喉《のど》の調子を整える。

「名前ね。俺はシャダクラ・宗樹《そうき》。よろしくお願いしますハーネリーさん」

表情を引き締めて遅すぎず速すぎずといった作法にのっとった礼をして、育ちの良さを感じさせる宗樹に、ハーネリーは微笑《ほほえ》みを返す。

「はい、よろしくお願いします。いろいろと説明は必要かと思われますが、まずはここから移動しようと思います」

「わかりました」

頷《うなず》いた宗樹は歩きだしたハーネリーについていく。その後ろを二人の神官が歩く。

（うおぉーっ異世界召喚ものを読んでた身としては現実になるとテンションが上がるっ。このあとの展開はどうなるんだろうか。この世界なら上手に生きていけるはず。とりあえず傲慢《ごうまん》な王様に召喚されたってことはなさそうだし、ここから追い出されて苦労するってことはないかな？　欲をいえば、召喚主は同年代の女の人がよかった。ハーネリーさんも綺麗だけど、年上っぽいし夫がいそうなんだよな。残念っ。寝取りに興味ないし、リアルで寝取りはあかんよ）

こういったことを考えながらハーネリーの後ろを歩き、神殿の中を見回す。

神殿の住人も召喚された宗樹に興味があるようで、何度も目が合う。少し動物園の動物の気分を味わいつつ、目が合うと軽く会釈《えしゃく》をしておいた。

「とりあえずここの応接間で話しましょう」

扉を開き、中に入る前に、ついてきていた神官たちにお茶などを頼むハーネリー。

向き合うように椅子《いす》に座り、ハーネリーが話し始める。

「このたびは召喚に応えていただきありがとうございます。召喚の際にお伝えした通り、この世界に危機が迫っています」

「どういった危機なんですか？」

「魔王が発生しました。この世界には角族《つのぞく》という者たちがいまして、人々の生活を脅《おびや》かしています。魔王はその角族の王と考えてください。魔王の下に角族は集まり、一丸となって暴れるのです。生まれる被害は一人の角族が暴れる比ではありません。前回現れた魔王は巨大なミミズで、もう一つの大陸を荒らしまわったそうです」

「巨大なミミズ。毎回そういった巨大生物なんでしょうか」

だとしたら対応が困難だと考える。

「いえ、残ってる記録だと人型が多いそうです。前回のような魔王は珍しいのだそうで」

それはよかったと宗樹は胸をなでおろす。

「前回も俺のように勇者と呼ばれる存在が対応したんですか？」

「ええ、薬作りの勇者が毒を使って倒したと記録に残っています。勇者は魔王を倒すに足る能力を持つようです」

「能力……俺はなにも特殊な技能を持ってないんだけど」

「この場合の能力は、習い覚える技術ではなく、神から祝福として与えられるものを言います」

「おおーっ！」

感激した様子の宗樹をハーネリーが不思議そうに見る。

「あ、すみません。俺のいたところだとそういった能力は物語の中だけにしかなくて、自分が使えるということに感動が」

そうでしたかと微笑《ほほえ》ましそうに見られて、宗樹は照れる。

「もう使えるんですか？」

興奮や好奇心を隠せない宗樹に、ハーネリーは首を横に振る。

「残念ですが、まだですね。神がこちらに来て勇者に祝福を与えることになっています。神が来るまではこの世界のことや自身を鍛えることを優先してもらいます。能力だけで戦っていけるわけではありませんから」

神と会えるということに驚く以上に、実戦があるということに気づき、それに対する動揺が大きく、能力に対する気持ちが鎮まり緊張した顔になった。

「あ、当然戦うんですよね。俺のいたところは命がけの戦いとかもうずいぶんと前のことで、俺は喧嘩《けんか》の経験もないんですが」

「こちらからフォローはします。召喚して放り出すということはいたしません。まずは武具を身に着けての動きに慣れてもらうことから始めましょう」

「重いんだろうなぁ」

「そこは大丈夫らしいです。勇者様はもともとの世界よりも身体能力が上がっているようで、武具の重さに苦しんだという記録はありませんから」

平太にはなかった召喚のフォローが宗樹にはあるのだ。召喚の負担を陣が肩代わりして、召喚という貴重な経験は成長へきちんと流れている。

今の宗樹は経験不足で手間取りはするだろうが、よほど油断しなければラフドッグに負けるようなことはない。

宗樹は自身の体を不思議そうに見ている。身体能力が上がったという自覚はないのだ。

「いつから訓練を始めるんですか？」

「明日からを予定しています。今日はこの世界の基本的な知識や皆への紹介をしようと考えています」

早速講義を始めていいか聞いてくるハーネリーに宗樹は頷《うなず》く。

新しい人生の始まりを汚す気はなく、宗樹は真面目にハーネリーの講義を受けていく。

◆

エラメーラの封印に関する事件が終わり、三日過ぎて戦いの疲れが抜けた頃、家でグラースと一緒にミナの相手をしていた平太に小さなエラメーラが話しかけてくる。

「ヘイタ、いいかしら？」

「ミナ、ちょっと待ってて」

ミナに断りを入れて、平太はエラメーラを見る。

「はい、なんでしょうか」

「大神からあなたへの依頼が私経由できたのよ」

「大神からですか。またなにか封印が解けたとかの大事《おおごと》でしょうか」

騒動が続くなと少しだけ表情にげんなりとしたものが浮かぶ。疲れはとれているので荒事でも大丈夫で、そういう時期を見計らっての依頼だろうかと思う。

「依頼としては私が依頼したことの続きになるのかしら」

「もしかして封印していたものの一部を逃がしていたとかですかね？　それならこっちに話がくるのも理解できますけど」

「そうじゃないわ。魔王が現れると招きの神殿という場所で勇者が召喚されるという話はしたことあったはず」

聞いたことがあると平太は頷《うなず》いた。

「封印が解かれたことで魔王出現とみなされ、勇者が召喚されたの」

「でも魔王っぽいの倒しましたよ」

「それは私も大神に伝えた。しかしあの場には角族《つのぞく》が、いえ今は角人《つのびと》だったわね、魔王に届いた存在がいた」

「シャドーフが魔王認定されたと」

「完全にそう判断されたわけではなさそうよ。訓練時に戦いのことを思い出し、そのときの再現を行おうとして招きの神殿にある道具が反応しているのだとか」

神殿にある石碑の不安定な反応は、これが原因だった。技を再現しようと発した魔王級の威力に石碑が反応し、通常時は無反応ということを繰り返していた。

「大神はシャドーフをどう思っているんでしょう」

「様子見と言っていた。魔王として暴れるなら討伐の必要があるけど、今は力を高めることに夢中。それは討伐理由にはならないと」

修行している者はいくらでもいて、それを罪とはいえない。

修行のために悪事と言われることを行うこともあるが、それは大規模といえず、人間でもやるようなこと。

それらを踏まえ大神たちはシャドーフに対し、様子見という判断を下したのだ。

そう決めたのには、シャドーフが神を相手に戦える域に達するまでまだまだ時間がかかると見たからだ。確実に危険と思えるまで様子を見て、どうするか改めて考えるつもりだった。

「なるほど。それで俺に依頼とは？」

「招きの神殿に行って、勇者に魔王はもういないから帰っても大丈夫といったそこらへんの事情を説明してくれということよ」

「んー……大神から直接説明では駄目なんです？」

「平時ならそうしていた。でも今は堕神《おちかみ》への準備で手が離せないそうよ。そこで直接あれと戦ったあなたに依頼がきたの」

エラメーラは堕神への準備という部分で頬《ほお》を赤く染めて、平太から視線をそらす。その反応になぜと平太は内心首を傾《かし》げた。

咳払《せきばら》いしたエラメーラが話を続ける。

「どう？　依頼を受けてもらえるかしら」

「神からの説明ではなくて信じてもらえますかね？」

「そのブレスレットが代理という証《あかし》になると聞いているわ」

「ああ、これがあるから依頼がきたともいえるんですね」

袖の上からブレスレットに触れる。任せてというふうに振動が返ってきた。

「わかりました。それで招きの神殿まではどう行けばいいんでしょうか」

「明日の朝、あなたの部屋に一度だけ転移できる陣が現れるようになっているわ。帰りは自力で帰ってきてちょうだい」

「了解です」

用件が終わったエラメーラは「邪魔したわね」と言って姿を消した。

すぐにミナが平太の袖を引く。

「でかけるの？」

「そうなったね」

「ついていっちゃダメ？」

駄目だろうと言いかけて止まる。やることは説明くらいで荒事とは聞いていない。招きの神殿から出ることもなさそうなので、判断つきかねた。

まだエラメーラが近くにいるかもと平太は呼びかけてみる。その声が届き、エラメーラが再び姿を現した。

「どうかした？　なにか疑問でも湧いたの？」

「招きの神殿にミナがついていきたいって言ってるんですけど、連れて行って大丈夫なんでしょうか」

「あー……」

誘拐《ゆうかい》されたことで親から離れたくないのだろうとエラメーラは推測し、それは大きく外れてはいなかった。

エラメーラは目を伏《ふ》せて少し考え、口を開く。

「大丈夫でしょう。でも子供が行って楽しいところではないわよ？　ヘイタの仕事がいつ終わるかわからないし、それまで暇だと思うのだけど。それでも行きたいの？」

ミナの顔近くに移動し尋ねる。ミナはそれにコクコクと頷《うなず》いた。

「念のため護衛にグラースを連れて行って一緒に行動させた方がいいわね」

「わかりました」

平太は回答に礼を言い、ミナも一緒に頭を下げる。

エラメーラは笑みを返して消えていった。

夕食時に平太は明日のスケジュールを皆に告げる。一番興味を示したのはバイルドだ。本物の召喚陣を見たいと思ったのだ。さすがに何人も連れて行くと向こうに迷惑だろうと平太に断られ、バイルドも納得する。

ロナはあまりわがまま言っては駄目よとミナを軽く叱《しか》る。

ミレアは勇者や招きの神殿には興味はなく、無事に帰ってきてくださいねと平太に声をかけるだけだった。

　翌日、朝食を終えて身支度を整えた平太とミナとグラースは、ミレアに見送られて陣を踏み転移する。

　ミナは普段着で、平太は戦いに行くわけではないので剣のみ持って防具は家に置いて行った。

　一行が出現したのは、神殿の者たちが洗濯物を干している庭の端だ。

「誰ですか⁉」

　神の結界に守られたここに突如現れた平太たちに神官たちは警戒の視線を向ける。

「神の代理として勇者に伝言を持ってきた。勇者もしくはここの責任者に取り次いでもらいたい」

　視線を気にせず落ち着いて言う平太に、神官たちは顔を見合わせる。一人が警戒を緩めて話しかける。

「そうだと示す書状などはありますか？」

「今から見せるけど、少しきついだろうから耐える準備はしておいて」

「耐える、ですか？」

「うん。神から授けられた装身具がある。それを見せるとプレッシャーがかかるんだよ」

「はあ、わかりました」

神官たちが頷《うなず》き、表情を引き締めたのを見て平太は袖をまくりブレスレットを見せる。

その瞬間神官たちだけではなく、神殿全部を始源の神の気配が包んだ。

自然と跪《ひざまず》きたくなる気配に、神官たちの疑いは消えた。どこの神の気配かまではわからないが、たしかに敬意を払うべきものだと理解できた。

ちなみにブレスレットの方で手加減したのか、ミナとグラースには気配は届いていなかった。

平太がブレスレットを隠すと、神官たちは大きく息を吐く。

「たしかに神の代理のようです。応接室に案内しますので、ついてきていただけますか?」

「わかりました。ああ、神殿の中にこの子が入っても大丈夫ですか?」

平太はグラースの頭を撫《な》でながら言う。駄目ならばミナと一緒に外で待っててもらおうと思う。

「屋内で暴れないのなら大丈夫ですよ」

「それなら大丈夫ですね。むやみに暴れる子ではないので」

神官に先導され平太たちが屋内に消えると、神官たちは神ではなくどうして代理が来たのだろうと話し合う。愛《いと》し子なのだろうか、子供もどうして一緒なのだろうかと話は広がっていった。

応接室に通されて、五分ほどでハーネリーと宗樹がやってくる。

宗樹は朝食後に神官たちと一緒に使う武具を選んでいて、ハーネリーは陣の点検などの報告書を読んでいるところだった。ともに神殿を包んだ気配に警戒は抱かなかったが、何事かと驚きはしていた。

ハーネリーと宗樹は隣り合ってソファーに座り、神の代理という平太たちを見る。

「ようこそいらっしゃいました。私はこの神殿の長、ハーネリーと申します。こちらは昨日召喚にお応えしていただいたシャダクラ・宗樹様です」

「ん？　シャダクラ？　佐田倉《さだくら》とかの聞き間違いではなく？」

宗樹が日本人と似たような風貌なので、聞き間違えたかと思い尋ねてみる。

「はい。シャダクラで間違ってないです」

宗樹は間違いではないと頷く。

それに平太は詫《わ》びを入れて、自身も名乗る。

「秋山平太。エラメーラ様という小神を親神に持つ、隣の国に住むハンターだ」

「あきやまへいた……この神殿の人たちから自己紹介を受けたときは聞かなかった感じの名前ですね。隣の国ではそういった感じの名前が普通なのでしょうか」

宗樹も平太の名前に疑問を感じ尋ねた。

「いや、俺の名前はこっちでは珍しいだろう。俺も宗樹君と同じくこの世界の人間ではないから」

「そう、なのですか？」

教えてもらった話と違うと思いつつ宗樹は平太をまじまじと見る。

「この神殿で近年召喚されたのは宗樹様だけですよ？　誰かがこっそり召喚を試してみてもすぐわかるようになっていますし」

「俺はここじゃなくて、召喚を研究していた色人《しきじん》によって召喚されました。好奇心から研究して実践に至った。それによって俺は三年前に召喚された」

召喚ができるのは自分たちだけだと思っていたハーネリーは心底驚いていた。

そこらへんの話を初めて聞いたミナはよく理解しておらず、不思議そうな顔で平太を見る。平太は誤魔化すように、その頭を撫《な》でる。構われたことが嬉《うれ》しくミナの関心は話題から平太の手に移る。

「そのような人がいたのですか。その研究は隣国では広がって？」

「いやエラメーラ様が止めました。あの召喚はこっちに比べると不完全で、誘拐《ゆうかい》となんら変わらないから」

「誘拐ということは無理矢理こちらに呼び出されたということでしょうか」

「そうなりますね。言葉は通じず、力も常人のまま、魔導核も能力行使に不十分といった散々な状態でしたよ。事情を知ったときは、召喚を行った爺《じい》さんになんてことしてくれたのかと怒り心頭でしたね」

「それはそうでしょうね」

召喚された当初のことを想像するとハーネリーも宗樹も平太の感情が容易に想像できた。宗樹は自分に召喚の不具合が起こらないでよかったと安堵《あんど》してもいる。

「そんな俺を拾っていただいたエラメーラ様には感謝しかありません。とまあこちらはこんな感じですね。ちなみにこの子たちはただついてきたがっただけですので、本日の用事と無関係です」

平太の手を両手で触《さわ》っているミナと床に伏《ふ》せるグラースに、ハーネリーたちは視線を向けて、平太に戻す。

「神の代理ということですが、エラメーラ様からここに来るよう命じられたということでしょうか」

「大神からの依頼がエラメーラ様ごしに届いたということになります。通常ならば大神たちがここに直接来るということらしいのですが、今神々は忙しくかわりに今回の召喚に関わりのある俺に説明してくれという流れですね。とりあえず説明しますから、質問は後回しでお願いします」

二人の頷《うなず》きを見て、平太は魔王発生から討伐、シャドーフに関してを話していった。

倒すべき魔王がすでにおらず、魔王となりうる者は様子見ということに、話を聞いていた二人はなんともいえない表情になっていた。

ハーネリーは役割を果たせたと思っていたら、果たさずともよかったと聞いて落胆や嘆きと一緒に平穏が続く安堵《あんど》を感じ、ごちゃまぜの思いが胸にある。

宗樹は自分がやらねばというやる気で満ちていたが、やるべきことが終わっていたとやる気が空回りする音が聞こえてくるようだった。

「世界が平和なのは喜ぶべきことだと思うのですが、どうにも素直に喜べないというか」

「長年の使命を果たすため動いていたのですから、思うところがあって当然だと思いますよ」

「ええとその、じゃあ俺はどうすれば？」

困ったように、迷子のように惑いの表情を見せて、宗樹が聞く。やる気が削《そ》がれたというだけの表情ではない。

「元の世界に帰るってことでいいと思うけど。召喚されたばかりの今ならズレがないだろうし」

この世界の常識に馴染《なじ》んだ自分は両親に負担を与えた、宗樹はそうならずにすんでよかったと平太は思う。

だが宗樹は帰ると聞かされ、歪《ゆが》んだ表情を浮かべた。何事もなく無事に帰れることを喜んでいる様子ではない。また勇者という立場を惜しんでいる様子でもなかった。希望が断たれすがるものをなくした者が浮かべる表情だろうか。

「ここでもなにもできずに役立たずだったということか」

視線を落とし思わずこぼれたという感じで宗樹の口から出た言葉に、平太とハーネリーは顔を見合わせる。

この世界に来る前になにか取りこぼしたことがあるのかと思わせる感情の発露、それに触れていいのか迷う。

「帰還準備はいつ整うのでしょうか」

部屋に入る前までの溌剌《はつらつ》とした明るい少年の様相はなく、沈んだ雰囲気にハーネリーは口を開く。

「宗樹様は帰りたくないのですか？　帰りを待つ者がいるのではないのですか？」

「……俺のかわりはいる。帰りを待つ者などすでにいない。いなくなった」

この世界に来て説明を受けた宗樹が思ったことは、自身にしかできないことがあり、やり遂げれば喜んでくれる人がいるという希望に満ちあふれたものだ。多少の欲もあったが、大部分は「自分にやれることがある、自分は必要とされる」という喜びだった。

チートを喜んだのも、すごい能力が嬉《うれ》しいのではなく、自分だけのものが嬉しかったのだ。

「でしたらこの世界でやりなおす……いえ違いますね。生きてみてはいかがですか。生まれ育った場所でなにがあったかはわかりませんが、機会を得たと考えてはいかがでしょう。欲しいと思ったものを探し、手に入れる。誰もあなたのことを知らない世界です。ゼロから築き、得ることも可能だと思います」

勇者に対してではなく年長者としてのハーネリーの言葉を、宗樹は自身の中に受け入れて噛《か》み砕き、口を開く。

「……やっていいんだろうか。できるんだろうか、この俺に」

「やってみなければその答えはわかりません。きっと成功も失敗もあります。ですが生まれ育った場所とは違う、新たななにかがあると思うのです」

「……やってみたい。でも怖くもある」

「恐怖は当然。それを乗り越えて行けとは言えません。一度目をそらしてもいいのです。解決を後回しにしてもいいのです。それは今すぐに解決しなければいけないことではない。ですが逃げ続けることもできません。いつかきっとあなたに突きつけられます。同じことを繰り返すのかと。そのときに今より成長したあなたが立ち向かえるよう、今のあなたは英気を養う時期なのだと思いますよ」

「……ありがとう、ありがとう、ありがとう」

相変わらず平太とハーネリーは宗樹になにがあったのかはわからない。だがハーネリーの言葉が宗樹に必要だったものであることはわかった。

顔を伏《ふ》せてありがとうと繰り返す宗樹に、二人は労《いたわ》りの視線を向けた。

なんとなく話を聞いていたミナも口を開いてはいけない雰囲気だと察し、平太の手を抱えて静かにしている。

三分ほどそうした静かな時間が過ぎて、宗樹が顔を上げる。

「恥ずかしいところを見せました」

「気持ちを吐き出すことも大事だと思いますよ」

ハーネリーに微笑《ほほえ》まれて、宗樹は照れくさそうに視線をそらす。慈愛あふれる母親とはこういう存在なのかもしれない、そんなことを思う。

宗樹は平太の顔を見て疑問を聞く。

「滞在したい、そう思ってるんですけど、神々は反対しないでしょうか」

「異世界の人間が留《とど》まることをどうこうは言わないと思う。少なくともそう決めたとき、俺は言われなかった」

問題が生じればエラメーラがなにか言ってくるはずなのだ。

「直接神に質問してみるといい。この国にも小神はいるだろうし」

「能力を使えるようにするため、神様がここに来るって話だったけど」

来ないのだろうかと宗樹は聞く。

「最初に言ったように自由に動ける神は忙しいからね。今すぐ祝福をもらいたいなら、三ヶ所、神のいるところに転移で連れて行けるよ。転移について説明いる？」

「いえ、わかります」

宗樹は連れて行ってもらうのはありなのだろうかとハーネリーに聞いてみる。

「あり、だと思います。この世界で生きていくなら能力はあった方が便利ですし、使いこなすためにも早くに獲得しておいた方がいいはずです。アキヤマ様、三ヶ所とはどこですか？」

「一つは俺の住んでいる町。もう一つは俺のいる国の首都。最後に神々の島」

「……最後は行って大丈夫なのですか？」

人間が足を踏み入れていい場所なのか、ハーネリーには判断つかない。

「住むつもりじゃなく、短時間行くだけなら大丈夫じゃないですかね？　いつでも来ていいと言われてますし」

「それは誰でも来ていいという意味ではなく、アキヤマ様に向けて言ったのでは？　私としては神々の島はなしで願いたいところです」

「ハーネリーさんがそう言うなら、俺は前二つのどちらかにしようかなと思います……町がいいかな。まずはそこそこの広さの場所を見てみたいです」

「それがいいと思います。能力をもらい向こうで活動することになるのでしょうか？」

ハーネリーの問いかけにどうなんだろうと宗樹は平太に視線で問う。

「え？　俺に聞かれても。宗樹君がどうしたいかじゃない？　俺はとりあえず町を簡単に案内して能力をもらってここに戻ってくるつもりだったけど」

「俺が決めていいのか……だったらもうしばらくはここで過ごしたいと思う。ここの人たちと会ったばかりだし、交流したい。それが新たななにかを得る一歩になると思う。それにハンターで行こうと思ってるから、ここらの弱い魔物で戦闘訓練もしたいし」

世話になってもいいだろうかと宗樹はハーネリーに尋ね、ハーネリーは微笑《ほほえ》み頷《うなず》く。勇者としてではなく、子供である宗樹をまだまだ見守っていきたいと思うのだ。

早速転移することになり、ハーネリーは生活に必要な物を買うお金を宗樹に渡す。

「いいんですか？　俺は勇者じゃなくてただの一人の人間ですけど」

「大丈夫ですよ。このお金は先代勇者たちが困った人のためにと残したものですから。後輩であるあなたが使うことに文句など出ないでしょう」

「ありがたく受け取らせていただきます」

「いってらっしゃいませ」

ハーネリーに見送られて、一行は招きの神殿から消える。

食器をひとまとめにして洗い場に持っていったハーネリーは、片付けを頼み執務室に向かう。宗樹が帰ってくるまで今回の件についてを国に報告するため書類作りを始める。

エラメルトの入口に転移し、宗樹はそこから周囲を見る。自身の住んでいた場所とは違う景色に改めて異世界を感じた。

宗樹がじっと見ている間に、平太はミナとグラースを家に帰す。ついでに昼は外で食べると伝言をしてもらう。

グラースに乗ったミナが雑踏に消えて、平太は宗樹に声をかける。

「行こう。神殿まで少し歩くよ」

「うん。あれ？　あの女の子と大きな狼《おおかみ》は」

「帰した」

「あんな小さい子を一人で歩かせて大丈夫なんですか？」

「グラースが一緒だから。グラースはそこらのチンピラや魔物をものとはしないし」

歩きだした平太についていき、宗樹は町に足を踏み入れる。

これが異世界の生活風景かと、宗樹があちこちを見回しながら歩くためペースは遅い。

珍しく思う気持ちはわかるので平太もそのペースに合わせる。

「宗樹君のところの文化水準や生活様式はどんな感じだったんだい。俺のところは電気というものが生活を支えていたよ。それを使っていろいろなものが動いていた」

「俺のところもです。テレビ、電話、電車、守護柱《しゅごちゅう》などなど。いろいろなものに電気は使われました」

聞き慣れた単語の中に一つだけ初めて聞く単語があった。

「もしかして俺の出身世界と同じかと思ったけど、聞いたことのないものが出てきたな。守護柱ってなにかな？」

「守護柱は町のあちこちに立つもので、たちの悪い幽霊や妖怪を町に近づけさせないものです」

「そっちは幽霊とか実在するんだな。俺のところはいるとは言われてたけど、実在するとは断言できなかったよ。見えない人がほとんどだった」

「そうなんですね。俺のところは誰でも幽霊を見ることができた」

宗樹の世界は、当たり前のようにいる幽霊や妖怪に対応する職が存在する。誰でもなれるわけではなく、ある程度の素質が必要となるが、そのような職はプロスポーツを見れば珍しくもないだろう。

「神も身近だった？　俺はこの世界に来て初めて神を身近に感じたけど」

「身近というわけでは。世界各地の王家といった国のトップに神託を下すことがあると聞いたことありますね」

「そういったことも俺のところはなかったよ。俺が知らなかっただけかもしれないけどね。表向きは神も幽霊も遠い存在だった」

「完全に人間主導の世界ですか……止めどころを間違えてやりすぎることもあったんでし

ようね」

「心当たりはあるな。ああ、見えてきた。あそこがエラメーラ様のいる神殿だ」

話しているうちに、遠目に神殿が見えてきた。

神殿に到着し、まっすぐエラメーラの部屋を目指す。どんどん奥まったところに入ることに宗樹はいいのだろうかと疑問を抱くが、平太の足が止まらないのでついていくしかない。

そうして一つの扉の前で止まる。

「ここがエラメーラ様の部屋。たぶんここにいると思うよ。いなかったら庭に出てるかな」

平太はノックして入りますと声をかけて、扉を開ける。

返事を待たないのかと思いつつ宗樹も一緒に入る。

「いらっしゃい。そちらは召喚された子なのね？」

「はい。シャダクラ・宗樹というそうです」

微笑《ほほえ》んでいるエラメーラに視線を向けられて、宗樹は背筋を伸ばし一礼する。

「初めまして、私はエラメーラ。ここエラメルトに腰を据えた小神。歓迎するわ」

「ありがとうございますっ。本日はお世話になりますっ」

「お世話？　ヘイタ、彼をどうして連れてきたの？」

エラメーラとしては、勇者はこういう人物だと紹介するために連れてきたのだと思っていた。

「祝福をいただけたらと思いまして」

「魔王はもういないから能力は必要としないはずだけど、もしかしてこの世界にとどまるのかしら」

小首を傾《かし》げて言うエラメーラ。

そんなエラメーラを見て、宗樹は一抹《いちまつ》の不安を抱く。安住の地とすることを拒否されるかもと思った。

「はい。あの、召喚された者は帰らないと駄目なんでしょうか？」

「いえ、そんなことはないわよ。ただヘイタはすごく帰りたがったし、勇者たちも帰った。同じようにこちらに来たあなたも帰りたいのではと思っただけ。こちらの世界で生きていくことを私もほかの神も否定しません」

その言葉に安堵《あんど》して宗樹は礼を言う。

「それで祝福だったわね……ヘイタ」

「はい？」

「あなたがやってみてくれないかしら。最初に祝福を受けたときのことを覚えているならできるはずだけど。失敗したら私がやるからやってみるだけやってみて」

「わかりました」

なにが狙いで頼んできているのか少しだけ疑問に思いつつ、平太は召喚初日のことを思い出し再現を使う。

かつてエラメーラの手から放たれた光の粒と同じものが部屋に降り注ぐ。

それを見て平太は懐かしそうにして、宗樹は自身の中に生じたものに集中し、エラメーラはどこか納得したという面持ちになる。

こちらに来て、地球へ帰るまでの平太ならば不完全に発動したであろう神の業《わざ》。それが完全に再現されていた。

(可能かもとは思ったけど、実際に成功している。確定したわね、ヘイタの魂の格はギリギリだけど神に届いている)

条件はそろったのだなと、エラメーラは覚悟を決める。求められていることを行うことにまだ恥ずかしさはあるが、これも世界のため。そのときが来れば受け入れようと思う。

(私はそういったことをしないと思ってたんだけどね)

長く生きているとやはり予想外のことは起こるものだと小さく笑みを浮かべた。

「エラメーラ様、なにかおかしな部分ありました？　成功したと思うんですけど」

「ん？　ああ、失敗だと笑ったわけではないの。あなたがここに来たときのことを思い出して、ここまで成長したことに感慨深いものがね」

「最初は能力の発動すらできませんでしたからねぇ」

「ええ、ほんとに立派になった」

エラメーラは頷《うなず》いたあと、宗樹に顔を向ける。

「生じた能力を教えてもらえるかしら？　名前はわかるはずよ」

「賦活《ふかつ》です。効果としては強化になるのかな。誰か一人を対象に使うことができるようです」

宗樹から詳細を聞いて、エラメーラはどのようなものか記憶を探る。

「たしか単純な強化とは少し違うものなのよね。強化は身体能力を上げるのに対し、賦活は精神的な部分も強化される。その分、肉体強化率は下がるのだけど。復活した魔王は死者に関した能力持ちだったから、生者を心身ともに強化する能力が生まれたといったところかしら」

平太たちが戦った角族《つのぞく》は死者の魂を操っていたので、鎮魂に関した能力を得るかもとエラメーラは考えていた。実際には封じた魔王に対抗する能力で、これは魂を使う方が倒されたためか、それとも以前の勇者が失敗したからか、などと思考する。

その間に平太がよかったなと声をかける。

「癖のない扱いやすいものだ。少しばかり新生活を怖がっていた宗樹君には精神的な部分の強化は良い能力じゃないかな。それに自分一人でやるんじゃなく、誰かと共に乗り越えていけることを目指せる。そんな能力だと思うよ」

「そうだと嬉《うれ》しいな」

宗樹は片手で胸を押さえ、能力とともに進む未来に思いをはせる。

「今後ソウキがどうするか聞いてる？」

エラメーラの問いかけに平太は頷《うなず》く。

「しばらく招きの神殿で暮らすそうですよ。ハンターとしてやっていくようで、神殿の周囲にいる魔物と戦ったり、神殿でこちらの生活に慣れることを目的にすると聞きましたね」

「やっていけそう？」

「向こうの人も親切だったので、大丈夫だと思います。たまに様子を見に行った方がいいですかね？」

「同じ境遇のあなたでないとわからない問題もあるかもしれないし、たまに行ってあげた方がいいとは思うわ」

平太はそうしますと頷く。

エラメーラに別れを告げて、二人は神殿を出る。

「このあとは買い物して、昼食べて、招きの神殿へって感じにしようと思うけど。それでいい？」

「はい」

「まずはどこに行こうか」

服や皿といったものは神殿にあるようで、手鏡や下着や鞄《かばん》といったものを求めて店を回る。

買い取り所がどういったところか興味あると宗樹が言うので、そこにも寄って依頼を見てみる。

買い取り所を出て、平太は自分が初めて行った食堂へと宗樹を連れて行く。

店の前で久しぶりにドレンと会う。

「おっ久しぶりだな」

「ドレンさん、久しぶりです」

再会を喜ぶドレンに平太も笑みを返す。

「こっちに戻ってきたんだって？　ロナから話を聞いて会いたいと思ってたんだ。元気そうでよかった」

「ドレンさんも。俺もロナから聞いたけど、パエットさんと結婚したんだとか。おめでとうございます」

「ありがとよ。そっちは？」

「シャダクラ・宗樹です」

宗樹がぺこりと頭を下げる。

「薬師《くすし》のドレンだ。よろしくな」

三人で店に入り、テーブルを囲む。お勧めに魔猪《まちょ》の角煮があったので、それのセットメニューを頼む。

平太は店内を見回し、パエットがいないのを見て、店を辞めたのかとドレンに聞く。

「いや結婚しても働いていたぞ。時間は減らしているけどな。今はそろそろ子供が生まれるんで、休みをとっているんだ」

平太と宗樹からの祝いに、ドレンは嬉《うれ》しそうに礼を言う。

「この前魔物の襲撃があったけど、パエットさんはストレスとか溜《た》まってません？」

「少しは不安もあったようだけど、この町にはエラメーラ様がいるからな。致命的なことにはならないって安心感がある。ハンターたちも頑張ってくれたし」

「ここらでは襲撃とかよくあるんですか？」

宗樹が聞く。そういった話はハーネリーから聞いていなかった。ここら特有のものなのか、町や村では当たり前にあるのか気になった。

「頻繁にはないな。三年前にもあったが、それより前は覚えがないし」

「エラメーラ様も同じように言ってたよ。角族《つのぞく》関連じゃないかとも言ってたから、本来はごくまれに起こることなんだろう」

角族の仕業と断定するとドレンたち一般住民が怖がるだろうと平太は多少誤魔化すように言う。

「どこの町でも珍しい出来事だってことだね。今後ハンターとしてやっていく上で、そういったことが起こるか心配だった？」

「ですね。滞在するであろう町か村が悲劇に見舞われるかもしれない。その可能性を思うとちょっと」

ドレンが励ますように宗樹の背を軽く叩《たた》く。

「どこでもそういったことは起こり得る。でもそれをそのまま受け入れるわけじゃない。誰だって生きたいから抗《あらが》う。この前だって三年前だって、襲いくる魔物に立ち向かって平穏を勝ち取った。想定して事前に備えておくこともできるし、常に心配せず頭の片隅に置いとくくらいでいいんだよ」

「魔王が復活したなら常に心配しておかないといけないけど、現状それはないからね。とりあえずは自身のことを優先して、いざってときのため鍛えておくって感じでいいと思うよ」

ドレンと平太というこの世界で生きてきた者たちの言葉に宗樹は頷《うなず》く。そのときが実際にくるかはわからない。だがきたときに後悔しないよう鍛錬はまじめにやろうと改めて決意する。幸い能力も人々を助け励ますことに向いているのだから。

そう考えている宗樹を見て、平太とドレンは少しばかり真剣すぎるかと考える。もっと力を抜くくらいでちょうどいいと思うのだ。

平太はこの会話などをハーネリーに伝えて、宗樹が過剰な鍛錬をしないように伝えておこうと考える。

昼食を終えて平太と宗樹は町を出て、招きの神殿へと転移する。

「部屋に荷物を置いてきます」

「俺はハーネリーさんに挨拶《あいさつ》してから帰るよ。少ししたらまた来るからそれまで無理はしないようにね」

宗樹は頷《うなず》いて、与えられた部屋に向かう。

平太は神殿の者にハーネリーの居場所を聞いて、教えてもらった執務室に向かい、送り届けたことと町であったことを話してから帰る。

平太が帰ってから宗樹もハーネリーに帰ってきたことを伝え、早速鍛錬を始めようとする。

それをハーネリーは止める。

「武器の振り方などわからないでしょう？　戦える神官たちに話を通して教われるようにしますから、今日のところは周辺の魔物について学ぶことと、能力の使用感を試すだけに止《とど》めてください。おかしな癖がつくと修正が大変ですからね」

鍛錬をこちらで主導し、無理しすぎないようコントロールするという狙いでの提案だった。

宗樹はハーネリーの言葉に納得し、頷いて外で能力を使ってみると出ていった。

ハーネリーは近くにいた神官に、自らの考えを話し、その考えを教官役に伝えてくれるよう頼む。

翌日から宗樹は教官役の神官と一緒に鍛錬を始める。話が通っていた神官は宗樹を甘やかすのではなく、現状の限界を見極めて、そこの一歩手前で鍛錬を止めるという具合に指導していく。

それなりにきついおかげで、宗樹はコントロールされていると気づかず素直に指導に従い、鍛錬に励んでいった。

宗樹と会ってから十日ほどで平太は四つの用事をすませていた。

エラメルト神殿にいる転移の能力者にあちこち連れて行ってもらって転移できる場所を増やした。そして気軽に行けるようになったガイナー湖に行き、約束の肉をリヒャルトに渡す。

あとの二つは一度にすませられるため、都合のよい日をパーシェに聞いて、その日にシューサに向かう。

デートの約束の日、おめかししたパーシェと一緒にシューサに転移する。

「ここが世界最古の都シューサですか」

初めて来る町を興味深げに見ている。少しだけ開いた口を手で隠す。

そのパーシェから少し離れたところを巡回バスが通り過ぎた。

「さすがバスを作ることができる町ですね。町中をバスを走っているなんて」

パーシェにとってバスとは町々を繋《つな》ぐもので、町の中を移動するものではない。シューサにとってはこの光景が当たり前だが、多くの町では珍しい光景だ。

平太に促され、町を歩く。エラメルトやウェナ国の王都にはないものをパーシェは珍しそうに見ながら歩く。

「そうやって楽しげな表情を見られただけでもここに来たかいがある」

「そ、そこまで表情を変えてました？　恥ずかしいです。でも褒めてくださったことは嬉《うれ》しいです」

若干赤く染めた頬《ほお》に両手を当てるパーシェ。

「照れたところもいい。美人はどんな表情でも綺麗でいいね」

「どうしたんですか。いつになく褒めてきます」

「デートだしね。それにちょっと思うところがあって、好意はきちんと伝えておこうって」

「思うところですか？　なにか危ないことをやるから言い残すことのないようにとか考えてはいませんよね？」

不安そうに聞く。それに平太は笑って違う違うと手を振る。

「ミナが誘拐《ゆうかい》されたときのことでね。関係を考えて、まだミナを子供と受け入れきれないけど、だからといって不幸になってほしいわけじゃなく、幸せにしたいと思ったんだ。そのときにパーシェさんのことも幸せにしたいなって思った」

「それはとても嬉《うれ》しいです」

「ただパーシェさんだけじゃなくて、ロナやミレアさんやロアルも一緒に思い浮かべた気の多い駄目男だけどね」

ちゃかすように言った平太に、パーシェも困ったものだと笑みを返す。

パーシェとしても彼女たちを差し置いて自分だけがとは思っていない。彼女たちの気持ちも知っているのだ。平太が全員を選ぶという可能性も考えていた。

もちろん一人だけに想いを向けてもらいたいという気持ちもある。わりと実現可能という気もしている。ミレアはそばにいられれば幸せ、ロナはミナという幸せをすでに手に入れていて必ずしも平太を欲していない。ロアルはまだ憧れが強い感じがしている。

自分の気持ち次第という気がして、どうしようかなと思っていた。

今平太が全員を欲していると言って、それもありかなと考えた。もちろんそれで決定ではなく、今後も考えて結論を出したいと思う。

(今はこのデートを楽しみましょう。はっきりと好意を告げてくれたし前進してる。慌て

る時期は過ぎた、だから幸せに続く道をゆっくり探ればいいじゃない）

そう決めて、パーシェは平太の腕に自身の腕をからませる。微笑《ほほえ》みを向けると平太も笑みを返した。

これだけでも嬉しく楽しいのだ。あとはこの幸せを逃さぬよう壊さぬよう生きていく。

上機嫌なパーシェを見て、平太はデートは成功かなと胸をなでおろす。

ひととおり町を回り、平太はフォルウント家に向かう。ビーインサトを届けるのだ。

大陸に名高い名家にお邪魔するということで緊張したパーシェに、どこかで待っているか平太は聞くが、一緒に行くと返事があり共に屋敷に入る。

執務室まで来て、ノックしてから扉を開ける。

「あ、ヘイタ様でしたか。中へどうぞ」

「邪魔するよ」

「失礼します」

パーシェを見て、ガブラフカは少しだけ驚いた表情を見せる。ミレアから平太に近い人間として報告があった人物だと気づいたのだ。

「そちらはパーシェさんで間違いないですか？」

「は、はい。パーシェ・ファイナンダと申します。お初にお目にかかります」

緊張し少し動作を硬くして頭を下げる。パーシェにとっては王家に匹敵する相手だった。それだけフォルウント家の名は大陸に響いている。

「そう硬くならず、ヘイタ様と親しいのなら私どもにとっても好ましいのですから」

「ありがとうございます」

そう簡単に緊張は解けず、まだまだ硬いが仕方ないとガブラフカは流す。

「今日はパーシェさんを紹介しに来たのですか？」

「違う違う。これを届けに来たんだ」

ビーインサトを完全再現し、ガブラフカに差し出す。

「採取したビーインサトを完全再現した。時間が経っても消えることはないよ」

「これが」

差し出されたビーインサトをそっと受け取り、傷つけぬよう抱きしめる。

すぐにガブラフカは人を呼び、もらったビーインサトを家の医者に届けさせる。

「ヘイタ様、ありがとうございます。これで彼女が日常を謳歌《おうか》できるようになります」

「相手のお嬢さんとはもう顔を合わせた？」

「はい。正体を明かしたら信じてもらえませんでしたし、なんの冗談かと疑われましたけど。でもじっくり話して信じてもらえました。両想いということもわかりました。体のこともなんとかするために動いていると話したら泣かせてしまいました」

「おそらく嬉《うれ》しさからだろう？」

ガブラフカは頷《うなず》いた。

「だったらいくらでも泣かせていいだろうさ。このまま順調にいくといいな」

「はいっ。薬で体調がよくなったら結婚を申し込みたいから順調にいってほしいですね」

「結婚後少しくらいはこっちに仕事を回して二人で旅行にでも行ってくるといい。それくらいは当主がいなくても大丈夫だろうしな」

「そうしたいですねぇ」

楽しみだという表情になったガブラフカは、話題を変えるため表情を引き締める。

「実は伝えておいた方がいいことがありまして」

「その表情だとなにか悪い知らせか」

「最悪というわけでもないんですけどね。少し前に魔王が発生したということが招きの神殿から各国へ伝えられました」

初耳だったパーシェは顔を青ざめさせ、平太を見る。だがその平太はあっけらかんとしていた。その平太の様子にガブラフカはさすが討伐経験者と考える。

「ああ、そのことか。ウェナ国内でだろ?」

「ええ、そうです。知っていましたか」

「というか、討伐したの俺たちだからなぁ」

ガブラフカはそう返ってくるとは思わず呆気《あっけ》にとられ、パーシェは驚いたあとなにかに気づいた様子になる。

「エラメーラ様の封印がどうとか言っていたときのことですか？」

「そうそれ。まあ、あのときは戦う可能性は半々くらいと思ってたんだけどさ。角族《つのぞく》が封印を解いて、復活したものと戦ってなんとか倒せたんだ」

「あ、あははは。さすがです」

ガブラフカは驚きつつも称賛の言葉を向ける。

「楽というわけでもなかったけどね。復活したてだったからなんとかなったけど、復活から時間が経ってたら手がつけられなかったかもしれない」

「そんなにですか」

「封印に使われた神の力を取り込んで魔王とはまた別のなにかになってたらしい。新たに生まれた状態で、だからか知識や経験が足りない状態だった。戦いながらいろいろと学んでいたよ。あの学習速度ほどじゃなくでも、復活に気づかず学ぶ時間を取られていたらどれだけ厄介になっていたか」

そうならずにすんでよかったとガブラフカとパーシェは思う。実際に戦った平太が厄介というのだから自分たちが想像する以上の事態になっていたのだろう。

「それで知らせに関してですが、ヘイタ様がおっしゃられたように討伐されたという報告もありました。だから最悪ではないと言ったんですね。悪い知らせは、一時的とはいえ魔王が発生したので、魔物や角族の動きが活発になるかもしれないというものです」

「なるほど」

ふんふんとパーシェが頷《うなず》く。治療関連の品の注文が増える可能性や護衛料金が増加する可能性を思い、店に帰ったら対応しておこうと決める。

「ウェナは魔王が発生した国ですから特に注意が必要かもしれません。それは国のトップも理解しているでしょう」

「うちの国の王様になにかしらの問題はなさそうだったし、知らせが入れば対策はきちんととるだろうさ」

「ええ、王は特段優れているという評価をされてはいませんが、国内の安定を長く保ち、荒れさせる様子もありません。心配する必要はないと思います」

ウェナ国王の国家運営はパーシェの言うように可もなく不可もなくというものだが、安定した状態が続いているということで民からも貴族からも上々の評価だ。このまま問題なく次代に繋《つな》いでくれるという信頼感は高い。

太平の世ならば評価の高い王も、乱世では愚王とされることもある。魔王が暴れていたらウェナ国王もそうなっていた可能性はないと言い切れないが、その可能性は潰《つぶ》れていてこれまで通りの政治で問題ない。

「それはなにより。ヘイタ様がいる国が荒れるのは心配ですからね」

ガブラフカはウェナが荒れた場合を考えて、いつでも兵を支援として送れる準備をしておこうと思っていたが、二人の言葉を信じ今のところは計画段階で止めておこうと思う。

このあと少し話して平太たちはデートに戻り、夕方にエラメルトへと帰っていった。


十日ほどかけて私用をひととおりすませた平太は再び招きの神殿に向かう。

洗濯物を干していた神官が転移に驚き、それに詫《わ》びを入れ挨拶《あいさつ》するついでに、宗樹やハーネリーの居場所を聞く。宗樹は鍛錬しているということで、鍛錬に使われている広場に足を向ける。

そこでは十人ほどの神官に混ざって双剣《そうけん》を振るっている宗樹がいた。

集中している様子の宗樹の邪魔をする気はなく、平太は指導役らしき女神官に声をかける。

「おはようございます。彼の腕前はどんな感じですか?」

「おはようございます。勇者様ですか……ここらの魔物では苦戦もしないでしょう。強い魔物はいませんからね。対人戦は経験の差もありさすがにこちらの方が優勢ですが、すぐに追い抜かれると思います。私たちもすごく強いというわけではありませんし」

この神殿で暮らす者の生活はここと近くの町で足りている。ここらの魔物も人間も強者と呼べる者は少なく、彼女たちもあまり強くなる必要がないのだ。駆け出しハンターがスタートするのに適した場所ということもあり、そういった者たちが集まる。

「一度自分がどれくらいやれるのか経験させたいところですね。今そこらへんは漠然とした感じですから、強さの目標というものが見えてないと思います。ほかには戦いの経験だけではなく、トラブル解決の依頼などを受けてもらって対応力というものも自覚してもらいたい。こんな感じで神殿長とも話しています」

「そうですか。近々町に行ってみることを勧めようと考えてます？」

「はい。知識も与えられるものは与えています。あとは実践あるのみですね」

ふんふんと頷《うなず》く平太に、素振りを終えた宗樹が気づく。

「あ、来てたんですね」

「おはよう。元気そうでなによりだ」

「うん。ここでの暮らしに不自由はしてないし、皆親切だ。過ごしやすいところだよ」

「そりゃよかった」

自然な笑みを浮かべた宗樹を見て言葉に嘘《うそ》はないと思う。生き急ぐように鍛える可能性を感じていただけに、穏やかに暮らせていることに安堵《あんど》する。

「ちょっと頼みがあるんだけどいいですか？」

「どんな頼みか話してみて」

「俺は魔王討伐に呼ばれたと聞きました。だったらどれくらいの実力を持っていなければいけなかったのか、それがちょっと気になりました。だから実際に戦ったあなたと手合せしてみたいと思いまして」

「ふむ……いいよ。ただし真剣はなし、木剣《ぼっけん》で。あとは強さを測っても急いで強くなろうとしないこと。俺は二、三年ほど先に鍛錬を始めてる。だから差があるのは当たり前。急いで強くなる理由もないしね」

提案された条件に宗樹は頷《うなず》く。

平太は木製の剣と盾を借りて、宗樹から五メートル離れた位置に立つ。

宗樹と平太の間に神官が立ち、模擬戦の開始を告げる。

平太は剣と盾をだらりと下げて、宗樹の動きを見る。宗樹はそれを見て待ちの体勢と判断し、自身から動く。

「せいっ」

宗樹は試しにと右の剣を先に、そのすぐあとに左の剣をという上段からの二連撃を放つ。それを横に掲げた木剣で受け止められ、空いた胴に軽く盾を当てられる。

「こっちに来て筋力上がったのに片手で止められるとか」

「単純に俺の方が筋力が上だからね」

宗樹は生半可《なまはんか》な力押しは無理だと下がって距離をとり、前かがみになり足に力を込めて突進する。ある程度近づくと少し跳ねて、速度と自重《じじゅう》をもっての上段からの同時振り降ろしを叩《たた》きつける。

「よっと」

それすらも軽い口調で、同じように木剣で受け止められる。

宗樹にとっては同じに感じられたが、違いはある。最初の攻撃は棒立ちから腕一本で防いで、二度目は勢いに耐える体勢になっていた。

「これだけでも差が感じられましたけど、まだまだいきます」

「遠慮せずにどんどん打ち込んできていいよ」

自身が指導する立場になっていることに平太は少しばかりおかしさがあった。これまでは自身よりも上の者に相手をしてもらうことばかりで、こうして誰かに指導する立場になるとは思ってもなかった。

平太に浮かんだ笑みを余裕の表情と宗樹は受け取り、攻めていく。力押しは無駄だと速度と手数でいく方針に変える。

「だっらららららぁっ！」

近距離からの乱舞。縦横斜めと息を止めて歯を食いしばっての連撃。鍛錬では出さなかった全力をここで出す。

ガガガガガッと木と木がぶつかる音が周囲に響く。

音が示すように宗樹の剣はすべて、平太の剣と盾に防がれていた。

宗樹が今出せる最高速度も平太からすればまだまだだ。アロンドたちの攻撃の方がいくらも速い。何度も鍛錬に付き合い、それに見慣れた平太が未熟な宗樹の剣を受ける道理はない。

いつまでも息を止めていられるわけはなく、空気を求めて口を開き、動きが鈍《にぶ》った隙《すき》を突いて平太の剣が宗樹の頭にコンッと当てられた。

呼吸を荒げた宗樹は下がり、深呼吸して少しでも体力回復に努める。そしてこれで最後だと賦活《ふかつ》を自身に使う。

呼吸を整え、活力も満ちた。右の剣を平太に向ける宗樹。

「今出せる最高の攻撃を!」

「こい!」

駆け出した宗樹は先ほどとは違い跳ねることなく、左右の腕を体の前でクロスさせる。

平太が間近に迫ると、腕を振り剣を交差させつつの同時攻撃を繰り出す。

対する平太は剣を真上から振り降ろして、交差に合わせてぶつける。

ガンッと大きな音を立てて両者が止まる。互いに力を込めたが、宗樹の方が劣勢だった。数秒そうして宗樹が力を抜き、平太もすぐに力を抜く。

「今の俺自身を軽くあしらえないといけない程度には強くならないと魔王に立ち向かえないんだな」

なるほどと宗樹は頷《うなず》く。その宗樹に平太は追加情報を教える。

「言っておくと俺はサポート側で、メインアタッカーはほかにいたからね？」

「……それだけ強くてサポートですか？」

意表を突かれたと宗樹は目を見開く。

「俺の強さは努力して得たもので、凡人が到達できるもの。才ある者が努力して得たものはこんなものじゃないよ。君も時間をかければ俺と同じところなら到達できる」

「到達できるのか。強さってのは求めると際限ないんだな」

「一度俺の知る限りで一番強い人間の動きとか見てみる？」

「見れるなら見たいですけど、できるんですか？」

「俺の能力はそういうものだから」

お願いしますと言ってくる宗樹に、少し離れるように言って、平太はアロンドの肉体と技術を再現する。さらにアロンドの愛用していた剣も再現する。

「武器を作り出す能力？　その持ち主の技術を使えるって感じかな」

「考えるのはあとにして、まずは見ているといい。俺には到達無理な天賦《てんぷ》の剣、見逃すともったいないよ」

そう言って平太は意識を剣舞に集中する。

張りつめた雰囲気が放たれて、宗樹だけではなく、見物していた神官たちもぞくりと背筋が凍るものを感じた。

平太が動きだし、皆その動作に見惚《みと》れる。一つの動作を見ても自分たちとはまったく違う。重心の保持安定性、動作と斬撃のキレ、体中へ向ける意識の度合い、次の動作への流れ、どれを見ても一級品だった。

自分たちのような発展途上の者ではなく、鍛錬を積んだ強い者がお金を払ってでも見たがるような剣舞が披露されていく。力強くあり美しい、苛烈《かれつ》であり流麗であるものが皆の心に刻まれていった。

十分があっという間に感じる剣舞が終わり、自然と拍手が起こる。

それに平太は一礼して応え、再現を切る。

「これが俺の知る一番だ。もっと強い人もいるんだろうけど、見たことないから俺が使うのは無理」

「すごかった。ただそれだけに尽きる。こう言っちゃ悪いんでしょうけど、模擬戦したあなたが格下に感じました」

決して褒められてはいないが、平太は怒ることなく頷《うなず》く。その評価は当然だった、自分でさえそう思っているのだから。

「あれが英雄と呼ばれた人間の強さ。その一端しか見せられてないけど、強いのはわかったろ。そしてあの強さがあったとしても一人では魔王には勝てなかった」

「英雄というのは二種類ありますよね？　なにか偉業をなした人。勇者が召喚される前に魔王と戦っていた人」

あの剣舞は前者のものだろうとは思いつつも、宗樹の指導役は疑問に思ったことを聞かずにいられなかった。あの剣舞が誰のものか知りたかったのだ。

「俺が言う英雄は後者。俺はいろいろあって過去に移動したことがあります。そこは魔王が暴れている時代で、そのときに活躍した英雄たちと行動を共にし、魔王と戦ったのです」

「そんなことがありえるんでしょうか」

「それには始源の神が関わっていますからね。あの神ならば人を過去に移動させることは可能」

「ああ、たしかに始源の神が関わっているなら納得できます」

始源の神の名を出しただけで神官たちはあっさりと納得した。それを見ていた宗樹はそんなもんなんだと感心する。

「英雄の名前はなんと言うのでしょうか」

「アロンド・カータン。千年以上前に存在した俺たちのリーダーにして父思いの剣士」

「父思いって部分いる？」

思わず宗樹が聞く。

「強くなった原動力の一つだからね。言っておこうかなって」

「あそこまでになった原動力」

「うん。魔王を倒して世界を平和にしようってだけじゃなくて、自身の欲というのかな？　望みを叶《かな》えるため強くなった。ほかにも自身の幸せを求めたとか家族たちの仇討《かたきうち》とか自身の名前を世界に刻みたいといった望みを持った人たちもいたよ」

「純粋に世界平和を望んだ人はいなかったんですか？」

「いたかもしれないけど、一つ二つ欲を持っていた方が頑張れるもんだと思うよ。世界平和だけで心満たされるってのは無欲すぎる。もっと執着心が必要。俺だって世界平和よりもこの時代に帰ってくるために頑張ったんだしさ。そういった心に確固たるものを持ってないと魔王の恐怖に打ち勝つのは難しいんじゃないかな」

　これは自論で神やほかの人はまた違うことを言うのではと最後に付け加えた。

「最初はただ強くなることだけを考えていてもいいと思うよ。でもいつか強くなったそれをどう使いたいのか考えるときがくるかもね」

　今考えて答えを出せることではないと宗樹は小さく頭を振って考えるのをやめた。かわりに気になったことを聞く。

「平太さんの能力ってなんなんですか？」

「俺のは再現って言うんだよ」

効果を説明されて、その汎用性《はんようせい》を羨《うらや》ましがる宗樹。

その一方で、一緒に聞いていた神官たちは世界でもまれな能力に言葉もなく驚いていた。そんな反応に気づいた宗樹が不思議そうにしている。

「なんで皆そんなに驚いてんの？」

「世に一度だけ出た能力で、フォルウント家という名家を興《おこ》した人も再現使いだったんですよ……ん？　あれ？」

言いながら指導役はこれまでの話を思い出す。過去に移動し、魔王と戦った再現使い。そんな人物なら有名になってもおかしくない。しかし指導役たちが知っていた再現使いはフォルウント家の一人のみ。ということはその一人がと思いつつ平太を見る。

「もしかしてフォルウント家の？」

「ええ、あそこを復興させた一人ですね。復興が形になったあとは車とかを開発する手助けをしました」

平太の肯定に指導役たちは再び声もなく驚き固まる。

「そんなに驚くこと、なのか？」

「らしいよ。俺自身も聞かされて驚いた側だけど。当時を生きていたときは有名になることとか考えずにやれることをやっていただけだし」

「そうなんだ。死して評価されたとかそんな感じなのかな」

「たぶん？」

今の平太は正確には当時を生きて死んだ平太とは違うため、推測でしか答えられない。

いまだ驚いている者たちをよそに、宗樹に当時のことを聞かれ、それについて答えていくうちにハーネリーが顔を見せる。

「あら、いらしていたのですね」

「はい。おはようございます」

「おはようございます。ところであの子たちの様子がおかしいのですけど」

さすがに驚き固まる状態からは戻っていたが、どう接すればいいのかわからず戸惑ったままだった。

「平太さんが再現使いだとかフォルウント家うんぬんって話したら、ああなりました」

「再現使い⁉」

ハーネリーも驚きをあらわにするが、深呼吸してすぐに落ち着きを取り戻す。一組織のトップというだけあって、そこらの心情操作はお手の物なのだろう。

「そ、そうでしたか。驚くのも無理はありませんね。有名な能力ですから」

「そんなに有名なんです？」

「フォルウント家というのは名家なのですが、その権力は各国の王に準ずるものを持っています。今あるどの国よりも長い歴史を持ち、安定した統治を行い、主力の車販売はその勢いを衰えさせることなく長く続いています。そのような家を作り上げたのが再現使いなのだと伝わっているのですよ。再現使いがいれば、自国も発展させられると考えた人は少なくありません」

「俺一人の力じゃ無理でしたよ。あの村を復興させようと考えたサフリャという女性。彼女を手伝い働いた人々の力もあって、フォルウントの村は大きくなっていったんです」

見てきたように言う平太に、ハーネリーは首を傾《かし》げ、宗樹が理由を話す。

再度驚いたハーネリーは神官たちの様子に納得した。偉人と伝わる人が目の前に突然現れたらどうしたらいいのかわからないだろうと。

「あなたには驚かされてばかりですね。ええと接し方を改めた方がよろしいですか？」

それを望んではいないだろうと理解しながらも問う。どうしてそう聞いたか？　問いかけ、そうではないと口に出してもらうことで、周囲の者たちにもはっきりと理解してもらうためだ。

案の定平太から否定の言葉が出る。どう対応すればいいかわかったことに周囲にはほっとしたような雰囲気が生まれた。

狙いが成功したことにハーネリーは小さく頷《うなず》く。

「では今まで通りで……そうですね、ちょうどいいので少し頼みたいことがあるのですが」

「なんでしょ」

「近々ソウキ君を町に向かわせようと思っていました。それに同行してフォローを頼みたいのですが。もちろん依頼として申請して報酬はお渡しします」

「それ一度くらいなら大丈夫ですよ。何度もというのはこちらにも予定があるので無理ですが」

「ありがとうございます。いつから大丈夫でしょうか？」

「今日からでも」

その返答にハーネリーは頷《うなず》き、宗樹に顔を向ける。

「ソウキ君は今日からでも大丈夫かしら」

「あ、えと……ここを追い出される？」

不安そうな表情の宗樹にハーネリーは首を横に振る。

「違うわ。ここにいたいのならいてもいいのだけど、ここしか知らないというのはもったいない。まだ若いのだからいろいろなものを見て、世界を広げてはと思って町に行ってもらおうと神官たちと話したの。町での経験を経て、ここにいたいと思ったらいつでも戻ってきていい。とりあえず一度行ってみて、なにかしらの仕事を一つこなしてみることを勧めるわ」

「そういうことなら行ってみます」

嫌われているわけではないとわかり、安堵《あんど》した表情で頷く。

宗樹は準備をするため部屋に戻る。

平太もここから町までどれくらいの距離なのか、どういった魔物が出るかといったことを聞き、準備のため家に戻る。

平太がいなくなり、ハーネリーは大きくため息を吐《つ》く。表面上は平静を保っていたが緊張していたのだ。神の代理に魔王討伐に過去移動、とどめの再現使い、ハーネリーとしてもキャパシティーを超える話だった。


出発を昼にしていた平太と宗樹はそれぞれ昼食を食べてから神殿を出る。

宗樹は譲り受けた革鎧《かわよろい》と腕防具とロングブーツ、腰の両側にショートソードを佩《は》き、背に荷物を入れたリュックという格好だ。平太は首元にマントを巻き付け、腰に使い慣れた剣、マントの下に小さめのリュックという軽装だ。

目指すは森の南にあるカーザナルという町だ。ゆっくりと進んでも、夕方前には到着するとハーネリーたちから聞いていた。

訓練で暴れた宗樹がいるので魔物は警戒して近寄ってこず、戦闘なく森を抜ける。

森の外はなだらかな勾配《こうばい》のある平原で、青々とした草が風に揺れている。注意深く見れば魔物の姿も見え隠れしていた。

足を止めて周囲を見ていた宗樹は、これが世界に踏み出す第一歩だと期待と不安を胸に抱き、平原に足を踏み入れる。

その様子を平太はえらく慎重に進むなと思いながら見ていた。エラメルトで初めて草原に進むときの自分も似たようなものだったことを忘れていた。

今回は宗樹の旅なので、急《せ》かすことなくそちらに合わせて平太も進む。

三度ほど魔物に襲われたが、平太が接近を知らせて、宗樹が倒すという流れで問題なく対処できた。魔物の強さは聞いていたように強いものはおらず、また宗樹もハンターとして動きだしたばかりの頃の平太よりも強いのでかすり傷を負うくらいでどうにかなった。

体感時間と太陽の傾きでおそらく十六時前といった頃、二人は丘の上から町を見る。

「あれがしばらく滞在するところなんだな」

「いい人がいるといいね。今後ともにハンターとして働く仲間がいればさらによしってところか」

「そうですね。ほんとにいい人がいればいいなぁ」

どういった時間を過ごすことになるのかと思いつつ宗樹は町を目指して歩きだす。

町に入った二人は露店でジュースを買い、店主に買い取り所やお勧めの宿について聞く。コップを返し、最初は狩ったものを売るため買い取り所へ向かう。

処理された魔物を売り、そこにどのような仕事があるか依頼書を見ていく。

「ゲームに出てくるような依頼もちらほらと」

行商人護衛や採取といった内容の依頼書を眺めて宗樹が言う。

「護衛はまだやらない方がいいだろうね。護衛に関する知識が足りないだろうし」

「どんなことが向いていると思います？」

「様々なことを経験することが目的だから、畑警備や町巡回補佐や外壁修理補佐で人々の暮らしぶりを見るとかどう」

「それハンターの仕事？」

「駆け出しは狩りだけで生活していくのは厳しいし、そういったこともやるんだよ。俺は事情が事情だったから狩りを中心でやってきたけどね」

宿賃に困っておらず、ハンター業は一時的なもので今後の仕事としていく気はなかった平太にとって、ハンターとしての経験を積む必要はなかったのだ。

今はハンターとしてやっていく気はあるが、これまで読み取った人々の記憶からハンターとしてのあれこれは知っているので、いまさら経験を積む必要もない。今の平太ならば危険な狩場に行って帰ってこられるので、それだけでハンターとしてやっていけるのだ。

しかも完全再現で、過去アロンドたちと戦った魔物を出すだけで一ヶ月分の生活費を楽に稼ぐことが可能なため、ハンターをやらなくてもいい。ミナにニート一歩手前の姿を見せる気はないのでそれはやらないが。いやミナにしたら平太が常に家にいるのは嬉《うれ》しいことなのかもしれない。

「そんなに厳しいんですか？」

「俺や宗樹君と違って、なにもかも自分で準備するのが普通だからね。最初は武具をそろえるため生活費を節約してお金を貯《た》めて、武具がある程度そろったら狩りをしてって感じらしい。狩りのやり方も自分で覚えていくか、運良く先輩に教わる。俺も最初の狩りのやり方は、先輩の世話になったよ」

シューラビを狩るのに四苦八苦していたことを思い出し、平太は懐かしく思う。

「俺は恵まれている方なんですね」

「だね。ハンターとして成長したら、その幸運を駆け出しに少しでもわけてあげるといい。基本的な知識でもありがたいし」

「そうしようと思います」

頷《うなず》く宗樹に、平太はどんな仕事をやるか決めたか聞く。

宗樹は町巡回補佐の仕事を指差す。

「どうしてそれを選んだのか聞いてもいい？」

「壁修理よりは人々の暮らしぶりが見られると思ったからですね」

なるほどと頷く平太に促され、宗樹は職員に依頼受理を頼みに行く。

「はい、巡回補佐ですね。明日からで大丈夫ですか？」

頷く宗樹を見たあと、職員は平太に視線を向ける。

「そちらの方もご一緒ですか？」

「……そうですね。一緒に受けます」

「いらない説明かもしれませんが、強いからと報酬が上がることはありません。よろしいでしょうか」

平太がここらに適した実力を超えていることを見て取り、職員は注意事項として説明する。それに平太は頷く。

平太と宗樹の名前を聞き、書類に書き込んで職員はそれを宗樹に渡す。

「では明日から十日間の巡回警備受理しました。明日の朝、二つ目の鐘が鳴ったあとくらいに警備詰所へと向かってください。場所は町の東入口そばにあります」

書類をもらい買い取り所を出た二人は、教えてもらった宿へ向かう。

山の頂と書かれた看板の出ている宿で、個室二部屋をとってそれぞれ荷物を置く。とりあえず町の中を散歩してみようと話しており、すぐにロビーに集合し外に出た。

日は傾き、町を夕焼け色に染め始めている。そろそろ仕事を終えた人が多くなっていて、帰路へと就く人たちの姿が見える。

夕食が楽しみだと母親に聞く子供、どこに飲みに行こうかと話す男たち、夕食のメニューに悩む主婦、仕事を終えて疲れた様子の若者などさまざまな人たちがいる。

「こうして見ると、俺のいた世界と人間の暮らしぶりに違いはありませんね」

「俺のところともだよ。世界は違っても人は人なんだろうさ」

のんびりと歩きながら二人は初めて来た町を見物していく。ついでによさげな食堂も探す。夕食は外で食べてくると伝えてあるので宿では準備されていない。

自分の目で警備詰所を確かめておこうと東に歩を向けて進み、確認を終えると住宅街のある南ではなく、北回りで進む。

肉を食べたいという宗樹の意見で、ハンバーグがメニューに出ている食堂に入り、特別メニューだという煮込みハンバーグを頼む。

人参キノコタマネギとともに煮込まれたハンバーグがデンッとそれぞれの前に置かれる。

早速宗樹がナイフをハンバーグに入れ、あふれ出した肉汁とソースが混ざる。それをハンバーグにかけて口に運ぶ。ちょうどよい塩梅《あんばい》に煮込まれたハンバーグは硬くなっておらず、柔らかく溶けた肉とソースが口の中に広がった。

美味いと口にせずとも表情を見ただけでわかる。

平太も切り分けたハンバーグを口に運び、頷《うなず》いて食べ進める。

一緒に出されたパンにソースをつけて食べても美味しく、満足できる夕食だった。

軽い腹ごなしに日暮れ直後の町を散歩し、遠回りに宿に戻る。

西入口を見てから大通りを歩いて宿に戻ろうとしたとき、二人はよろよろと歩く革鎧《かわよろい》の人物を見る。なにかに躓《つまず》いたかこけたところで、宗樹が心配そうに近づいていく。その後ろを平太が歩く。

「大丈夫？」

宗樹に声をかけられ顔を上げた人物は、宗樹より少し年上に見える女だった。体中を土で汚し、かすり傷などもあちこちにある。

「なにか強い魔物と戦った？」

手を貸し立ち上がらせながら宗樹は聞く。

「ありがとう。強い魔物はいなかったよ。私にとっては強敵だったけど」

「ここらの魔物と戦ってそうなったの？」

「ええ、情けないかぎりだわ。話に聞くかぎりじゃ、ここらは駆け出し向けなのにね」

「最初は誰だってそんなもんじゃない？　俺も最初は駆け出し向けの狩場でラフドッグっていう弱い魔物に殺されかけたよ」

そう言う平太に宗樹は驚く。あれだけ強い平太が弱い魔物に殺されかけたという話がいまいち信じられなかった。

「その表情は信じてないな？　俺だって最初は苦労したんだぞ。一般的な成人よりも弱かったし、魔導核の成長が不十分で能力も使えなかった」

「能力も使えなかったとは、苦労なさったのでしょうね」

今の自分よりもひどい状態の人がいるとは女も思いもしなかったのか同情的な視線を向ける。

「そこを乗り越えたらあとは順調だったから、最初だけ目を瞑《つむ》ればあとは羨《うらや》ましがられると思うよ」

ロナやグラースという頼れる仲間もいた。苦労したのは最初とシャドーフに襲われた頃くらいだろう。

「私は順調にいける気がしないですね」

ため息を吐《つ》きつつ言う。駆け出しの狩場でこんなでは、先が思いやられた。

「仲間とかいないの？　フォローし合えたらましになると思うけど」

「いたんですけど足手まといということですぐに追い出されて」

「そりゃ大変だ。ハンターをやめるってことは考えなかった？」

それを聞いていいものかと平太は思ったが、駄目なら答えないだろうと思い聞く。

女は思わずといった様子で平太を睨《にら》むように見て言う。

「強くなる必要があるんですっ。強くなるにはハンターとして活動するのが一番の近道だからっ」

「ああ、否定しているように聞こえたか、ごめんね」

「あ、いえ、こちらこそ興奮してしまい、すみません」

「理由を聞いてもいい？」

強くなるという意味をまだ得られていない宗樹は理由が気になる。

「立派な理由じゃないよ？　それでもいいのなら」

宗樹の顔を見て、聞きたいという意思を感じ取った女は話しだす。

「私の家は武器職人の家なの。代々職人の家系で、この町でもそれなりに名が知られてる。この町は駆け出しが集まるからそういった人たち用に安い材料で質のいいものを作ろうとしてる。地域に合った方針で武器を作ろうって考え」

ここからが本題と言って女は続ける。

「この国では三年に一度とある大会があってね。それは各地方の代表が武具を持ち寄って王も見る品評会に臨むというもの。私の家もそれを目指しているんだ。でもね、当然だけどほかにも目指している職人はいる。その中の一つが邪魔をしてくるんだよ。どういうツテを使ったかわからないけど、質のいい材料の仕入れ値を上げたり、材料そのものが届かなかったり」

「偶然ではない？」

宗樹が思わず口を挟み、女は頷《うなず》いた。

「一度だけなら偶然だと思うよ。でも三度四度と続くとさすがにね。ここらを治める領主に訴えたけど、そういった事前準備も競争の一つだろうって取り合ってもらえなくて」

「事前準備か、それ」

なんとなく違うような気がする平太に、同意だと宗樹も頷《うなず》く。

「準備ってのは質のいい材料を優先して回してもらうとか、そういった感じなような気がするんだけどどな。邪魔をするのは相手よりも自分が下だから、競争しないですむようにしてるって感じだな」

戦う前に負けを認めているから、相手の参加を阻止《そし》して戦わずにすませようとしている。平太にはそう思える。

「対戦相手がいないから一位になりましたって感じで、競争の意味がないと思う。それで品評会に出ても、ほかの地方の武具に負ける」

宗樹は物作りに関して素人だが、それでも競争せずに提出したものが目に留まる作品になるとは思えなかった。

一応はこの地方で一番という栄誉は手に入るのだろうが、この程度のものしか作れないと広く知らしめることにもなりかねない、と口に出す。

それに女は頷いた。

「頑張っている職人はうち以外にもいる。そういった人たちの努力や積み重ねを否定することになる。それは避けたい。避けるにはどうすればと私は考えて、自分にできる範囲で動くしかないと思った。だから強くなって質のいい材料を手に入れられるようになろうとハンターになった」

「ちなみに大会はいつ？」

平太の問いかけに「冬」と返ってくる。

「正直時間が足りないと思うんだけど」

「わかってる！　でも私がやれるのはこれくらいしかっ。邪魔してくる犯人を捜そうにも向こうは巧妙に隠れているし、頼みの領主は動かなかった。仕入れ関係は私がどうこうできない。だったら自力で材料入手くらいしかできないのっ」

自分でもわかっていることを平太に指摘され、また感情が高ぶって怒ったように返す。

うっすらと涙目の女に平太は謝る。

「……平太さん。この人に協力できませんか。向こうのやり口が気に入らないってのもあるけど、こうやって必死な人を見ると手を貸したくなるというか」

「んー協力といってもいくつか手を貸す方法があると思うけど、どういったことを考えてる？」

平太がぱっと思いついたのは女の修行に付き合うこと、再現で材料を出すこと、招きの神殿のツテを使って領主よりも上の人間に現状を伝えること。この三つだ。犯人捜しは情報が少ない現状なんともいえない。

「えっと平太さんが魔物を倒して材料を手に入れてくるのはどうかって思ったんですけど」

「それは可能だけど、どうせならどうにかしたいと思った君が主体で動くことを勧めたいかな」

話を聞いて思うところがあったのは平太も同じではあるが、絶対どうにかしたいとまでは思わなかった。そんな自分よりもどうにかしたいと考え口に出した宗樹が動く方がいいのではないかとなんとなく思う。

招きの神殿に帰ることも考えている宗樹は、近隣であるこの町でも過ごすことが多くなるだろう。ならば解決に動くのは今後のことも思うと宗樹の方が向いているはずと考える。今後過ごす上で繋《つな》いだ縁がなにかしらの役に立つだろうと。

「俺が？　俺になにかできることありますか？」

「それを探すことすらせずに俺に全部放り投げるのはなし。その人だって自分にできることを考えて、正直無駄になるかもとは思いつつも動いている。だったらなんとかしたいと思った宗樹君もまずは自分になにができるか考えよう」

「なにができるか……」

宗樹は考え始める。

平太は静かになった宗樹から女に顔を向ける。

「そういうわけで君に彼が協力することになった」

「え、えと、ありがとうございます？」

「それは宗樹君に言ってあげて。それと本格的に協力できるのは十日後からだけどね」

「どうして十日後なんですか？」

「明日から十日間巡回依頼を受けてるからね。放り出すわけにはいかない」

なるほどと女は納得する。

平太は考えている宗樹の肩を叩《たた》いて、一度中断させて自己紹介させる。

宗樹たちが名乗ったあと、女はブラシュと名乗り、協力してくれると言ってくれたことに礼を言う。

「領主が動かなかったから誰の手も借りれないと思っていた。手を貸したいと言ってくれて嬉《うれ》しかった」

「でもなにができるか思いついていない」

「そうかもしれない。でもその心が今の私にはとても嬉しかったから」

宗樹は照れたように頬《ほお》をかく。

「一緒に狩りに行ってくれるだけでもありがたいの。だから深く考え込まないでいい」

「とりあえずはなにか思いつくまで一緒に狩りに行ったらいい。俺はちょっと別行動するし」

平太がそう言うと宗樹は首を傾《かし》げる。

「別行動？」

「うん。ここらの魔物は宗樹君一人でも大丈夫だろう？　そこまで俺がついていかなくてもいいだろうし、俺の用事をすませようとね」

「そっか」

宗樹は納得したように頷《うなず》く。

実のところ平太は招きの神殿に報告に行って、そのあとに今回のことについて調べてみようと思っていた。それを伝えると、宗樹がなにができるかという考えを中断させてしまうかもしれないので誤魔化したのだ。

「狩りはしばらく夕方前出発になるだろうけど、それでもいい？」

「巡回の依頼があるんでしょ？　いいよ」

宗樹が聞き、ブラシュが頷く。

二人は待ち合わせ場所などを話して、解散という流れになった。

「ちょっとサービスだ」

「え？」

帰ろうとしたブラシュの肩に触れて、治療の能力を再現する。

ブラシュは自身を包んだ温かなものとヒリヒリしていた擦《す》り傷などがなくなったことに

驚く。

治療は触れずともよかったが、ブラシュがどうして足手まといだと追い出されたのか知るため触れたのだ。そこを修正できれば宗樹にとって足手まといにならないだろうと平太は考える。

「ありがとうございます」

「さっき怒らせた詫《わ》びだから気にしなくていいよ」

パタパタと手を振って気にするなと示す。

しっかりとした足取りでブラシュが去っていく。怪我《けが》が治ったこともだろうが、宗樹という協力者を得たことが精神的負担を和らげ元気が湧いたのだろう。

二人も宿に帰るかと歩きだす。宗樹は再びなにができるかと考え始め、静かに時間を過ごすことになる。

平太もブラシュの狩りの記憶を再現し、改善点などを考えていったため、同じように静かに過ごす。

翌日、朝食を終えて二人は初仕事に向かう。

「おはようございます」

挨拶《あいさつ》をしながら詰所に入り、巡回依頼で来たことを告げる。

「おはよう。出発はもう少しあとだから椅子《いす》に座ってるか、詰所前で自由に過ごしてくれ」

兵に頷《うなず》きを返し二人は空いている椅子に座る。

その二人にすることがない兵が話しかける。

「二人はこういった巡回の依頼はやったことはあるのか？」

「俺はないです」

すぐに宗樹が答え、平太はあると答える。シャドーフに初めて襲われたときに、町の外を怖がって町中の依頼ばかりを受けていた頃にやったのだ。

「神殿の手伝いでやりましたね。ほかに掃除や神殿が主導している祭りの手伝いなんかも」

「小神のいる町出身か。神が身近にいるってことで治安はいいんだろうな」

「いいとは思いますけど、悪さする人がいないってわけでもないですね。スリやら誘拐《ゆうかい》やらなんかありましたよ」

「そっか。どこでも馬鹿やる奴はいるんだな」

「この町の治安はどうなんですか？」

今後も来ることになるであろう場所が気になる宗樹が聞く。

「そうだなぁ……特別荒れてるってことはないな。良くも悪くも一般的なもんだと思う。

ほかの町に行ったときも似た感じだったしな」

「駆け出しハンターを利用しようって人とかいなかったんですか？」

力ずくで脅《おど》し、金を巻き上げる。そういった悪事はあるかもと思いついて聞く。

兵は少し考えて首を振る。

「聞いたことはないな。駆け出しでも戦う力を持ってるわけだし、ただの悪党は手を出しづらい。一般人相手に脅迫した方がやりやすいんじゃないか？　悪党のハンターはそういったことじゃなくて、もっとほかの金になることをやりそうだ」

それを聞き、平太は人に雇われ誘拐をしようとしていたケラーノのことを思い出した。

話しているうちに時間がきて、平太たちのほかに三人の参加者が集まる。

兵は依頼を受けた五人に深紅のベレー帽と同色の腕章を渡す。

「これは詰所からの依頼を受けて巡回中だと示すものだ。仕事中は必ず身に着けるように。これを着けて町中を歩くことで、悪さを考えている奴らは見られていると思って活動を自粛《じしゅく》する。大きな効果があるとはいえないが、決して小さくはない効果を望める」

皆が配布されたものを身に着けたのを見て、兵は続ける。

「今日は北回りと南回りの二手にわかれてもらう。わけるのはこっちの二人とそっちの三人だ。昼になったら一度ここに戻ってきてくれ、昼食を準備してある。巡回中になにか犯罪を見つけたら犯人と被害者をここに連れてきてくれ。説明はこれくらいだ」

出発だと兵は手を叩《たた》き、五人は詰所を出る。

平太たちが北へ、三人組が南へとわかれて歩きだす。

宗樹は巡回よりも、町の暮らしを見ることを重視して歩いていく。サボってるわけではなく、平太も真面目にやっているので、それでも問題なかった。

何事もなく昼を知らせる鐘を聞き、詰所に戻った五人はパンと汁物と果物を昼食として渡される。この一食で食費を節約できるので、ありがたがる駆け出しは多い。

昼食後は町を半周して終わりになる。詰所に帽子などを返し、解散となって宗樹はブラシュに会いに行き、平太は町の外に出る。招きの神殿に転移し、ハーネリーに会いに行く。

「こんにちは、ハーネリーさん」

「こんにちは、アキヤマ様。なにか急な知らせでもありましたか？」

向かい合って座り、挨拶《あいさつ》を交わす。

「宗樹君の報告と聞きたいことが」

「ソウキ君はどういった様子でしょうか。町に馴染《なじ》めますか？」

「はい。今のところはなにも問題なく。今日から十日ほど巡回の仕事を受けて、町中の様子を見ていくといった感じですね」

人々の暮らしぶりを見るにはちょうどよい仕事だとハーネリーは頷《うなず》く。

「今は昨日知り合ったブラシュという同年代の女性と狩りに行っている頃合です」

「一緒にいる人もできましたか。それはよいことですね」

「それで聞きたいことはそのブラシュに関連することなのです」

「なにか問題ある人物でしたか？」

「いえ、彼女自身にはなにも。ハンターをやるには直した方がいい癖がありますが、性格的には問題なしです」

　平太はブラシュから聞いた話をハーネリーに伝える。

「これを聞いて俺が思ったのは、邪魔している奴と領主は繋《つな》がっていそうだなと」

「そうですね。私もそう思いました。領主の言っていることはおかしいです。事前準備に妨害が含まれているとは聞いたことがありません」

「そこで領主よりも上の人にこれを伝えたいのですが、俺にそのツテはありません。この神殿ならばどうだろうと思い、本日訪ねてきたというわけです」

　ハーネリーは納得したという表情を見せる。

「この神殿の性質上、王に話を通せるツテはあります。ですがもう少し証拠が欲しいところではあります。領主と誰が繋がっているか、その情報があればもっと動きやすいかと」

「……なるほど。今回動いているのはブラシュの家の同業者と見てよさそうですよね？」

「同業者を懇意《こんい》にしている貴族の可能性もありますよ。親しい鍛冶師《かじし》の格が上がれば、それを利用して利益を得ることができる」

「貴族かぁ、めんどうな」

「まあ推測にすぎませんし」

「それを考慮して動きます。とりあえず領主近辺の情報を探ってみます。領主はどこにいるんですか？」

「カーザナルから馬車で東へ一日足らず行ったところにフォグムという町があります。そこにシテケルン家があります。その当主ゼード・シテケルンが領主ですね。男で五十才ほどでしたか。文官一本で争い事はやらない人だったかと。これといった悪評は聞こえてきませんね」

情報を忘れないように覚えていく平太に、ハーネリーは諜報員《ちょうほういん》のようなこともできるのか聞く。

「それ向けの能力をいくつか再現できるのでやれるだけやって、これ以上はプロの力が必要だと思ったら手を引くつもりです」

ロナの技術と経験はもちろん、ミナ救出で行動を共にしたカリエルたちの技術と経験は役立つだろうし、ガブラフカの使い魔の能力も同じくだ。

きっちりと引くべきところを把握していると判断し、ハーネリーはひとまず心配することをやめる。

神殿での情報を得た平太は、森から出て車を再現してカーザナルに帰る。

それから十日間は巡回を真面目にこなしながら、この町でゼードの評判を聞いていく。

結果はハーネリーから聞いたものと同じで悪評はないが、良い噂《うわさ》も聞かなかった。

そういったことのほかに二度ほど狩りに同行もして、三度家にも帰った。ミナとの約束だったのだ。

「じゃあ俺は用事があるからこの町から出るけど、宗樹君はどうする？　一度報告に戻るのもありだと思うけど」

この町に来て十二日目の朝、平太たちは部屋を片付けて食堂で向かい合い、今後の予定を話す。

「そうしようかと。ブラシュとの約束があるからすぐにこっちに来ると思いますけど」

「大丈夫とは思うけど、魔物に気をつけて」

「はい。平太さんも」

ありがとうと答え出ていく平太を見送り、宗樹も荷物を持って宿を出る。

ブラシュが住んでいる家は聞いていて、そこに向かう。少しばかり歩いてカンテン堂と書かれた看板が出ている店を見つける。掃《は》き掃除をするためか、箒《ほうき》を持ったエプロン姿のブラシュが出てきた。

「おはよーブラシュ」

「あ、おはよ。あら？　大荷物だけどどうしたの」

「ちょっと世話になったところに戻ろうかなって」

「え？　そう、寂しくなるわね」

手伝ってくれるという約束は？　と思ったが、もともと無関係なのだからと不満と不安は押し殺す。

「いやすぐに戻ってくるから寂しくはならないと思うけど。ここを留守にするのは三日くらいだよ」

「そうなんだ」

明らかにほっとしたブラシュの様子に、宗樹は約束を放棄するつもりだったと勘違いさせたと察する。

「ヘイタさんはどうしたの？」

「あの人は用事があるって先に町を出たよ。もともと俺がこの町で過ごす少しの間だけ付き合ってくれる契約だったからね」

「そうなんだ。あの人の力を借りれないのは残念だわ」

「たしかにすごく助かったんだろうね。まあ、用事があるなら仕方ないよ」

「そうね。アドバイスもらえただけでもラッキーと思うことにしとこう」

「なんとかなりそう？」

「難しい。言われたことには納得いったから、なんとかなるとは思うのよ」

平太が送ったアドバイスはもっと大雑把《おおざっぱ》になれというものだった。それを言われたブラシュはなにを言っているのかと思ったが、理由を聞いて一応の納得はできたのだ。

ブラシュの能力は置き目《おめ》というものなのだが、これが普段からブラシュに影響を与えているというのが平太の言葉だった。

置き目というのは能力版監視カメラというのか、視点を自分を中心に一キロ先までなら好きなところに一定時間いくつか置くことができる。ゆえに人よりも入ってくる視覚情報量が多い。それを受け止めるために、ブラシュは自然と普段から様々なものに注意を払うようになっていた。これが注意散漫に繋《つな》がり、多くのミスを引き起こしていたのだ。

だから平太はもっと大雑把になって、あちこちから入ってくる情報をスルーできるようになれとアドバイスを送った。ブラシュの感覚ならば大雑把になってようやく人並みの注意力だろうと。

ちなみにこのアドバイスは修練場にいた小神カレルの知識を再現してのものなので、素人の助言ではない。

「がんばれとしか言えないなぁ」

「私ががんばるしかないからね。帰ってきたらまた一緒に狩りをお願い」

現状この二人は仲間というよりは依頼者と請負人という関係だ。互いの強さが釣り合っていないし、強くなることを第一として考え付き合ってもらっているので、一緒に狩りをしているというよりは鍛錬に付き添ってもらっているという感覚だった。

ブラシュの問題点が改善すれば実力差は縮む。それまでは関係はこのままだろう。

「じゃあ、もう行くよ」

「気をつけて」

ブラシュに見送られて宗樹は町から出る。そのまま北へ。気配を察するのはまだ甘く、何度か魔物の接近に気づかなかったが怪我《けが》するようなことはなく神殿に戻る。

神官たちにお帰りなさいと出迎えられ、ほっとしながら荷物を自室に置いて、お土産のクッキーや飴《あめ》を調理場にいる者たちに渡す。

「ただいま帰りました」

仕事をしているハーネリーに声をかける。

ハーネリーは書類作業を止めて宗樹に笑みを返す。親が子に向けるような慈愛のこもった笑みで、宗樹はちょっとした照れと嬉《うれ》しさが心にあふれる。

「おかえりなさい。よければ町でどう過ごしたのか聞かせてくれる?」

向き合って座り、宗樹が話すことにハーネリーは相槌《あいづち》を返していく。

悪い出会い、心傷つける経験をしてこなかったことを改めて宗樹の口から聞けて、ハーネリーはほっとしていた。

「それで明日はここで過ごして、明後日にまた町に行こうと思うんです。ブラシュとの約束があるから」

「いいと思うわよ。悪さをするのではなく、人助けをするのだから私たちは喜んで送り出します」

「ありがとうございます。そういえば平太さんがいないことを聞きませんでしたね」

「彼があなたの様子を報告にきたとき、今後の予定も聞きましたから」

「あの人そんなこともしてたんですか」

「それも仕事のうちということらしいですよ」

品評会関連のついでのような感じだったが、そういうことにしておいた。

「あの人の用事はどんなことか聞いてます？　どこかで大事件でも起こっているのかと少し心配だったんです」

「うーん、詳しいことは聞いてないの」

品評会の件について動くことは秘めておいた方がいいだろうと、詳しく聞いていないと答える。

「でもどこかで多くの犠牲が発生するような事件とは言っていませんでしたね。私用なのでしょう」

「そっか」

一安心だと胸をなでおろす。

ハーネリーの仕事の邪魔をしないようにと宗樹は部屋を出て、神官たちの仕事を手伝う。

心穏やかになれる時間を過ごした宗樹はまたカーザナルへと出発する。いってらっしゃいと多くの声が見送ってくれることに嬉《うれ》しさを感じた。

町に着いた宗樹は、午前中に終わる簡単な仕事を受けて、午後からはブラシュと狩りに出るという生活を六日続けて、また三日ほど神殿に戻る。

それをもう一巡繰り返し、町に到着した次の日の午後。カンテン堂に向かった宗樹は店の前に平太と見知らぬ誰かと顔見知りの店員がいるのを見つけた。

「お久しぶりです、平太さん」

「やあ、元気そうだね」

「こっちに戻ってきたんですね」

「うん。用事が終わったからね。その仕上げにここに用事があったんだ」

「アキヤマ殿、こちらの少年は？」

育ちのよさそうな青年が宗樹に視線を向けて尋ねる。

「ここの娘さんと一緒に狩りをしている少年がいると話したろう？　その少年が彼だよ」

「ああ」

納得したように頷《うなず》き、笑みを浮かべて一礼した。それに宗樹も礼を返す。

「店の前であれですから、中へどうぞ」

挨拶《あいさつ》が終わったと見た店員が三人を中へ誘う。

応接室に通されて、すぐにブラシュとその父親が入ってくる。

「品評会について話があるとか。詳しく聞かせていただきたい」

部屋に入ってくるなり父親がそう口にする。

宗樹は驚いたように平太と青年を見る。用事が品評会のことだったとは予想もしていなかったのだ。そして驚いているのはブラシュもだった。品評会のことで客が来ていると聞き、父と一緒に応接室に入ったら、平太がいたのが予想外だった。

「まずは座りましょう。悪い話ではありませんから」

青年が椅子《いす》を勧め、ブラシュたちは座る。

「さて最初に謝らないとなりませんね。うちの主家が品評会に関わる悪事に加担し、皆様に迷惑をかけたこと誠に申し訳ない」

頭を下げた青年の言葉を補足するように平太が口を開く。

「彼は領主であるシテケルン家の分家筆頭マルガナル・シテケルン。王都に連行された元領主ゼード・シテケルンのかわりに迷惑をかけた各店へ謝罪と説明を行うため動いている方だ」

「領主が今回の主犯だったと？」

父親が尋ね、顔を上げたマルガナルは首を横に振る。

「主犯はパッセイ・フィドムという男です。ゼードとは強い繋《つな》がりがあり、パッセイに繋がりのある鍛冶師《かじし》を代表にするため協力していました」

「フィドムというのは大金持ちの家だと聞いたことがありますな」

父親の言葉にマルガナルは頷《うなず》き肯定する。

「ええ、領主のいる町フォグムに腰を据えた国内有数の商人です」

「そいつと領主が繋がっていたか、そりゃ領主に訴えてもとりあってもらえないはずだ」

「領主に訴えるだけでも勇気がいったでしょう。それなのに訴えが握りつぶされることになってしまい申し訳ない」

父親は首を振る。悪いのはゼードであって、マルガナルではないのだ。

「あなたからの謝罪はこれ以上必要ない。今後は邪魔など入らないと考えていいのだろうか」

「ええ、ゼードもパッセイも彼らに関わりのある鍛冶師も捕まりました。このことは領内に知らせ始めています。いまさら邪魔をしようと考える者はいないでしょう。あと確定情報ではありませんが、おそらくこうなるだろうという情報があります」

「それは？」

「品評会開催が半年延長されるということです。邪魔が入ったことにより、準備が遅れていますからね。その分の準備期間が必要だろうと」

「それは助かる」

マルガナルは最後にと懐から小袋を取り出し、テーブルに置く。チャリと金属音が袋の中から聞こえてきた。

「こちらは邪魔が入ったことにより無駄になった費用の補填《ほてん》となります。すべてとはいきませんがお受け取りください」

「ありがたい」

受け取る父親を見て宗樹は疑問を口に出す。

「全額補填ではないんですか？」

「通例に従ったのだろう。今回のような邪魔が入らずとも頼んだ品が届かないということはたまにあるんだ。そんなとき全額ではないが、ある程度の金が返ってくる」

父親の説明に、マルガナルはその通りだと頷《うなず》く。

なるほどと納得した宗樹から父親はマルガナルに顔を向ける。

「こちらから聞きたいことがあるのだが、いいだろうか」

どうぞとマルガナルに返され、父親は続ける。

「どうして領主の悪巧みがばれたのだろうか」

「ああ、それですか。発端はあなたの娘さんとこちらのアキヤマ殿の出会いからですね。話を聞いた彼が調べてみようと動いたことで、今回の事態になりました」

「そんなこと一言も言ってなかった」

思わずそう漏《も》らす宗樹。

「今回の件でなにができるか考えてたろ。その邪魔をしないようにこっそりこそこそと動いたんだ」

「正直、領主や繋《つな》がりのある者たちの家に侵入し証拠を集めてまわるというのはこそこそという範疇《はんちゅう》に入るのか疑問なのですが」

やや呆《あき》れたようにマルガナルが言う。王から派遣されてきた文官に聞いた話から、こそこそで確保できる証拠の量ではないと思えたのだ。

「本職がやらなくていい程度にはガードが甘かったしね。集めた証拠は知り合いを通して王族へ流して、騎士たちが動いてゼード以下数名を逮捕という流れ」

「俺がなにかしようとしたのは無駄？」

「なにかするにはなにもかも足りてなかったしな。でも無駄と言うつもりはない。問題解決の力になることはなかったけど、ブラシュの精神的フォローをしていたろ。今回の件の功労者を労《いたわ》っていたと考えたらわりと仕事していたぞ」

宗樹はなにか納得いかないという表情になる。

「おそらくなにもできなかったようでもやもやとしてるんだろ？」

平太の問いかけに宗樹は頷《うなず》いた。

「だったら次誰か困っている人がいたら助けられるよう強くなったり、人との縁を繋いで協力してもらえるように今から適度にがんばればいいさ。誰だって最初からなんでもできたわけじゃない。その最初が君にとっての今だった。今後の成長次第によっては自分の力とそれまでに手にしたもので、誰かを助けられる。そうしたいと願い、焦《あせ》ることなくがんばるならね。今回俺が解決に動けたのも、そうして得たものを使ったからだ」

「自身の今後次第か……うん、やろう。今度こそすっきりと終わりを迎えられるように」

「じゃあ早速狩りにでも行っといで、ブラシュと一緒に」

「私も？」

「今回宗樹君が君に協力したんだから、その恩返しに今後狩りに付き合うくらいしてやらないと。すべて終わったからあとは元の生活に戻りますってのはちょっと虫がいいんじゃない？」

違うお礼の仕方もあるんじゃないかと思いつつブラシュは宗樹と一緒に部屋を出ていった。

「んー強引だったか？」

二人の気配が遠のいて平太は呟《つぶや》く。そうですねとマルガナルが頷《うなず》き、どうしてと理由を聞く。

「せっかく宗樹君にできた仲間だし、このままお別れというのはちょっとね。もうしばらく、ほかに仲間ができて抜けても大丈夫になるまでは一緒にいてあげてほしかった」

「アキヤマ殿が一緒では駄目なんです？」

「俺はずっとは無理だね。地元での生活があるし、予定も入っている。今回一緒に行動したのは依頼されたから」

「地元はどこですか？」

「ウェナの南西部」

「遠い。そちらでの生活があるのに、ここにずっと滞在は難しいですね。さて少し話がそれましたが、これで品評会については終わりです。なにかほかに聞きたいことはありますか」

父親は少し考えて、地方代表を決める日の詳細について聞いたり、ルール変更の有無を確認して質問を終える。

ここでの説明を終えて、平太とマルガナルは次の説明先である村に向かうため町を出る。

車を出して、乗り込み少し進むと遠目に宗樹たちの姿が見えた。

「がんばってますね」

マルガナルが言い、平太は頷《うなず》く。

「ですね。努力が実ることを祈ってますよ」

「そうなってくれると私も嬉《うれ》しい。優秀なハンターはこの領地にとっても国にとってもありがたいですからね」

今日がんばろうと誓った宗樹は、それを果たすため努力を重ねていく。

精力的に人を助けようと動く彼のそばには、ブラシュをはじめとして何人もの仲間が集まった。

やがてこの国で五指に入るハンターとして名を広める宗樹は、初心を貫いて誰かを助け続け、解決にともなう人々の明るい笑みを好んだことから「喜色《きしょく》」の二つ名を得ることになる。

求められた勇者としての活躍に決して劣らぬ活躍が広まるのは、もう少し先のことだった。

第四十三章　新誕、神そして父

極寒の地にあり世界で一番高いとされる山。常に雪で覆われたそこは白王《はくおう》の山と呼ばれ、生物もほとんどいない不可侵の領域とされていた。

その山頂には常に小神がいる。日々を眠り過ごし五日に一度起きて一晩中空を眺めて、また眠るということを長いこと繰り返してきた。

眠ることが好きで、空を眺めるのも好きというわけではない。前者はその通りで、後者は役割で行っていた。

その小神に課せられた役割はいつか必ず戻ってくる堕神《おちかみ》の接近を見つけること。

この山に来て何日経ったか数えるのも馬鹿らしいくらい長い時が流れたある日。今日もまた太陽が地平線の彼方に落ちて空が宵闇に染まってから、彼は目を開く。座っている岩から見える周囲は雪の白さと夜の暗さの二色。

視線を空へと向けると、頭部の雪が地面へと落ちていく。

多くの星が視界いっぱいに飛び込んでくる。常に光る星、瞬く星、強い光を放つ星、ひっそりと光る星。それらをずっと眺め続けていた彼に変化が起きる。動作には表れない表情のみの変化ではあるが、たしかに真剣な表情で空の一点を見続けている。わずかな変化も見逃す気がないとばかりに、そこのみを見ていた彼は空の端が明るくなり始めるのを見て立ち上がる。

ここに来て以来初めてふわりと浮かんだ彼は神々の島へと飛び去って行った。

いつも穏やかな神々の島が今日はざわついている。それもそのはず、白王の山で見張りをしていた小神が姿を見せたのだ。すなわち堕神来訪の知らせだった。

さすがの神々もこの知らせには落ち着きをなくす。

見張り役の小神の来訪に気づいた大神たちが、彼と一緒にララのもとへ向かう。

「ララ様。見張りをしていたカーガモが島に戻ってきました」

「報告を」

ララに促されカーガモは見たものそのままを話す。

「昨夜、天空に見慣れぬ朱光《しゅこう》が生じました。先代より聞いていたことに似ていたため一晩中観察を続けたところ、朱光は徐々に強くなっていました。またその周囲に非常に弱々しいものではありますが、似たような朱光も確認。以上をもちまして報告に値すると判断。こうして参った次第にございます」

「そう。今夜私も確認しましょう。時期的にもそろそろでしょうから、ほぼ間違いないとみていいでしょうね」

「ではララ様が確認したのちに、神々に通達を入れてよろしいでしょうか」

象顔の大神ネージャスが尋ねる。ララは頷《うなず》きを返した。

そうして夜になり、自室から外に浮かび出たララは空を見る。同じようにほかの神々も空を見上げていた。

「あった」

ララはぽつんと夜空に浮かぶ朱光《しゅこう》を見つけた。カーガモには感じられなかった、暴虐の念も感じる。もうずいぶんと昔に堕神《おちかみ》と対面したときに感じたものと同じで、あれを堕神と断定する。

上空から島を見下ろし口を開く。

「聞け」

大きな声ではないが、ララの声は神々の島の隅々にまで届く。一言も聞き逃さないようにしていた神々はララの真剣な声音《こわね》の中に、隠しきれない喜びも感じ取り内心首を傾《かし》げる。

「あれを堕神と確定。今日これより、エラメーラを除いたすべての神々は島に集まるように。堕神撃退を開始する」

即座に神々は動きだす。各地にいる小神に連絡を入れる者、超高度に陣を敷く準備を始める者、戦闘で怪我《けが》した神を癒す準備を整える者と様々だ。

動く神々から視線を外し、ララは再び空を見る。

「いよいよ。やっとこの時がきた。もうすぐなんだ、楽しみだなぁ」

心弾むララの声は誰かの耳に届くことなく宵闇に消えていった。

◆

ほぼ同時刻。空を見上げて、堕神《おちかみ》に反応している人間がいた。ロアルだ。

きっかけは、なんとなく空が気になったというだけのものだ。

しかし一度それを認識すると、彼女の中の知らない記憶が刺激された。この気持ちはなんだ、あの星がどうして気になるのか。それらに関する答えを得ないままロアルはベッドに入り、夢を見る。

ここではないどこかであった神々となにかの争い。ロアルはなにかの視点で神々となぜかそこにいる平太を見ていた。

やがて朝が来て、夢から覚める。起きたロアルはあの夢がなんなのか察しがついていた。

マルガナルを連れての仕事も終わり、エラメルトに帰った平太はエラメーラに勇者召喚関連の流れを話す。

思ったよりも長い話になり、出されたお茶は冷めてしまっていた。

「向こうの事件解決までしてくるとは思わなかったわ」

「俺もこっちに来た当初はいろいろと世話になりましたから、彼にも手助けは必要だろうと思いまして。これ以上勝手に動くのは成長の邪魔になるでしょうからやりませんけどね」

「そうね。いつか頼られたとき力を貸すくらいでいいと思う」

エラメーラは頷《うなず》いて冷めたお茶を飲み、真剣な表情で平太を見る。

平太は別の話題があるのだろうと考え、エラメーラを見返す。

「以前あなたの口から出た堕神。その接近が神々によって確認されました」

「いよいよですか」

夜に空を見上げれば、人の目でも少しずつ明るくなっていく星が確認できるはずだ。今はただの星だが、かなり近づけば、人間でも不吉さを感じられるだろう。

「今日明日というわけではありませんが、近いうちに小神も含めてすべての神が超高度に集合し、堕神とその配下を討つための最終準備に入ります」

「始源の神に聞きました。多くの犠牲が出るということも」

エラメーラが犠牲になるかもと思うと平太としては行ってほしくはない。だがそう思う人間は平太だけではなく、それぞれの小神に世話になっている者たちが同じように思うことだろう。

「覚悟はしています。この世界を、この世界に生きている子たちを守るため我ら神は力を尽くすのです」

「……その手伝いのため俺の能力を四段階目に上げる必要があると聞いています」

平太の表情が歪《ゆが》む。本人から覚悟があると聞けても、そうなってほしくないのだ。

「その方法はわかっています。なので」

そこでエラメーラは言葉を止める。顔が赤らみ、明らかに恥ずかしがっているとわかる。

エラメーラを助ける力になれるのなら、どのような難事にも挑んでみせると考えていた平太は、その反応に首を傾《かし》げる。

自分が思っているような大変な試練とは違うのだろうかと考える平太は、意を決したエラメーラの口から思いもよらぬ単語を聞く。

「私と結婚して」

「は?」

思考が止まる。試練とか考えていたところに結婚という単語が発せられ、能力を上げることと結婚の繋《つな》がりがわからず、好きではあるがやはり神とそういった関係になることへの戸惑いやら畏《おそ》れ多さで固まる。

口を半開きにして固まった平太を見て、慌てて両手を横に振りエラメーラは説明する。

「え、えっとね。結婚というのは間違いじゃないんだけど、こう人間同士がやるものとはまた違っていてね？　愛し合う神と生物がやるものではあるんだけど」

あたふたとしてるエラメーラを見て、少しだけ落ち着けた平太はほかほかと湯気の立つお茶を再現して、これで落ち着いてくれればと差し出す。

「ありがと。あっちゅい⁉」

落ち着くために渡されたお茶を慌てて口に含み、思った以上の温度に驚く。

少し涙目のエラメーラに、今度は小さな氷を再現して差し出す。

それを口に含んでいるうちにある程度落ち着いたようで、一度深呼吸してから話を再開する。

「動揺とか緊張できちんと説明できなかったから、今から説明するわ」

「おねがいします」

どう説明しようか頭の中で考えをまとめて、口を開く。

「結婚で能力が上がるのは副次的なものでね。ずっと一緒にいるために神と生物が合体するの。新たな神として生まれ変わるというわけでなく、一つになり共にあり続ける。誰とでもそういったことができるわけではなく、互いに好意を持っていなければ無理」

「好意、ですか。たしかにエラメーラ様のことは好きですけど、愛しているとは言い切れないような」

愛しているという部分にエラメーラは照れたが、咳払《せきばら》いして続ける。

「愛とまではいかなくてもいいの。私もあなたのことは好きよ？　でも結婚しようとまでは思っていなかった。互いの好意は親愛が一番近いと思う」

「それでもいいんですか？」

「大丈夫。前例があるからね。あと一つになったままということではなく、いつでも二人にわかれることができるから安心して」

「ああ、元に戻れるんですね」

「でもその状態で結婚しても四段階目には上がらない」

能力が大幅強化されるだけというのは、これまで行われた結婚でわかっていた。

「え？　それじゃ結婚の意味がないような」

「そこであなたの現状が関わってくる。あなたは気づいていないでしょうけど、あなたの魂は神の域に手をかけている」

「そう、なんですか？　俺自身はこれまでと同じだと」

平太は自身の体に触れて変化を確かめてみる。大きな変化が起きているとは思えなかった。

その様子をエラメーラは微笑《ほほえ》ましそうに見て、すぐに表情を引き締めた。

「私が確信したのは、私の祝福を再現できたとき。神の力を完璧に再現していたあれを見て、あなたの力と魂が磨かれ強まっているのを確信した」

「宗樹君のときのあれにはそういった意味が……。神の持つ知識を再現できましたけどあれも関係ありますかね？」

エラメーラは頷《うなず》いた。

「ええ、その魂に私の魂が溶け合い一つになったとき、能力は四段階目という前人未踏の域に上がるの」

なるほどと平太は頷き、少しだけ戸惑いというか納得しづらいものが心に残る。

「結婚という大事なものを、能力を上げるためだけにやるのはいいのでしょうか？　なんというかたとえとして的確かわかりませんが、気持ちよさだけを求めて娼館に行くのと変わらないような」

「んー的確でないような、本質は合ってるような。私もこの話を聞いたときはとても迷ったし恥ずかしかった。一時期はあなたの顔を見ることもできなかったしね。それでも必要なことと判断し、交流のあるあなたとならばと考えた」

まったく見知らぬ者とやれと言われていたら、一応受け入れても心にしこりが残ったままだっただろう。

平太というこの世界に来てから見守り続け気にかけてきた存在だからこそ、事情がある結婚をしてもいいと思えたのだ。

しっかりと自分の目を見てくるエラメーラに平太も目をそらさず見返す。

エラメーラの赤く澄んだ瞳の中には真摯《しんし》な感情があり、そこに少しばかりの照れが見え隠れしていた。平太の瞳にはまだ迷いや照れがある。しかしエラメーラが決して目をそらさずに自分を見つめ続けてくれることで、受け入れられているのだと思えた。

エラメーラにも照れがあるのは目を見れば一目瞭然で、それでも平太ならば大丈夫だと言ってくれた。その信頼に応えたいと平太は思う。

「なんというべきか、不束者《ふつつかもの》ですがというのは違う気がする。とにかくよろしくおねがいします」

「こちらこそよろしくね」

互いに思わず笑みを浮かべてしまう。

「しかし擬似的とはいえ、パーシェたちよりも先に結婚してしまうのは悪い気がするわね」

「あ……そうなるんですよね。そういったプロポーズは堕神《おちかみ》の件が終わってからって思ってたから、かといって急いで結婚を申し込むというのも……事情を話しても大丈夫でしょうか」

「広めないように言い含めておけば大丈夫と思う」

「ではそうします。今日はこれで帰りますね」

平太が部屋を出ていき、エラメーラは緊張から解き放たれたように背もたれに体重をかける。

顔は照れから赤く染まり、その熱を冷ますように両手で押さえる。メイドが部屋に入ってくるまでそのままだった。

神殿を出た平太も照れから顔が赤く、ベンチに座り落ち着くのを待つ。

熱が引いたのを確認した平太はパーシェとロアルに会うために彼女たちのいる店に向かう。

会いに来たことで嬉《うれ》しそうなパーシェに、平太は今夜時間あるか尋ねる。

「今夜……デートのお誘いですか？」

「いや、大切な話があるんだ。よければうちに来てもらえないかな。都合が悪いなら別の日でも大丈夫」

「予定はないので大丈夫ですよ。なにを話すんですか？」

「わりと驚かすことになるし、将来のことでもある」

将来と聞きパーシェの鼓動が跳ねる。そういうことなのだろうかと期待して、平太を見る。

「詳しいことは夜に。ここでは話せないこともあるから」

「わかりました」

「じゃあ夕食後にでも迎えにくるよ」

「おまちしてますね」

平太が店から出ていき、パーシェは今から期待が膨らんでいる。しかし一つの疑問もあった。自身が思った通りならばプロポーズといったことだろう。それならばここでも伝えることはできたと思うのだ。

ロマンチックな場でやりたいと思ったのだろうかと思いつつ仕事に戻る。

ロアルにも同じように用件を伝え、夜に会う約束をする。

「私もちょっと話したいことがあったからちょうどいいね」

「じゃあ、夜にまた来るよ」

「わかった」

店の邪魔をしないようにすぐに離れて、そして夜になる。店を閉じて夕食もすませた頃、平太はパーシェを迎えに行く。オシャレした方がいいのかと迷っていたパーシェは軽い化粧ですませていた。

二人は夜道を歩き、ロアルと合流する。ロアルも一緒ということで今日の話はプロポーズではないのかなとパーシェは思う。

平太が地球に帰ったあとのことを話しているうちにバイルドの家に到着した。

リビングにはロナとミレアがいる。

「ミナちゃんたちは？」

「ミナは爺《じい》さんとグラースに任せた。この場にいる人だけで話し合いたかったからさ」

五人で一つのテーブルを囲む。酒とつまみがテーブルの上にある。

「それで大事な話って？」

準備が整ったとみたロナが早速聞く。

「うん。今から話すことは本題に関わること。すごく驚くことになるだろうけど静かに聞いてほしい」

平太にいいかなと聞かれ、四人は頷《うなず》く。

「ロナは少しだけ聞いたと思うけど、堕神《おちかみ》という存在がいる」

平太は堕神について話し、神々のそれへの対応、平太も協力することまでを話した。

ロアルを除いた三人は口を押さえて驚いている。そのような存在がいるとは伝承にも残っておらず、神々ですら倒れることになる戦いがあり、それに平太も参加するというのは驚かずにはいられなかった。

ロアルも驚いてはいるのだが、三人ほどではなく、納得した雰囲気もあった。

心配そうな視線が平太に向けられる。

「絶対に参加しなくてはいけないのですか？　断ることは？」

パーシェの質問に追従してロナとミレアもこくこくと頷《うなず》く。平太には断ってほしいという思いがありありと伝わってきていた。

ロアルは話のなりゆきを見守る姿勢で、静かにしている。

「始源の神からの要請だしね。それにこのまま参加するわけじゃない。ここからが本題」

そういえば本題にまだ入っていなかったと四人は気づかされる。

「聞かされたことの規模が大きくて本題ではないと忘れていました」

ミレアが口に手を当てたまま言う。これ以上のなにが話されるのだろうとミレアたちは身構える。

「参加にあたって能力を四段階目に上げることになっている」

「能力ってそこまで上がるものなの？」

ロナが聞き、平太は上がるらしいと返す。

「自力では無理で、エラメーラ様と協力して上げるんだそうだ。その協力というのが、神との結婚というものらしい」

何度驚かされることになるのか。平太の発した言葉は四人を驚かし、動きを止める。神との結婚ということ自体に驚いたし、平太がエラメーラと夫婦になるということにもショックを受けた。

「驚くのは無理もない。俺も今日聞いて驚いた。神との結婚は人間がやるものとは違って合体して一つになることらしい。その副次的な効果で能力が四段階目になる」

平太はそこで話を止めて、四人の反応を待つ。

最初に反応したのはパーシェだ。ポロポロと大粒の涙を流し始めた。

「将来のこととはエラメーラ様と結婚するということでしたのね。だから私との結婚は無理だと」

「違う違う違う。そうじゃない。勘違いさせた」

慌てた様子の平太は椅子《いす》から立ち、泣いているパーシェを抱きしめて背中をゆっくりさする。

「ここに来てもらったのは事情を話すため。もともとは堕神《おちかみ》の件が終わって落ち着いたらプロポーズしようと思ってたんだよ。だけどエラメーラ様とそういうことをする必要があるって聞いて、説明は必要だろうと思ったんだ。エラメーラ様本人からもパーシェさんたちよりも先にそういうことをするのは悪い気がするって言われている」

パーシェは平太の胸に手を置いて、顔と顔を向かい合わせるだけの距離を得る。涙で濡《ぬ》れた瞳で平太を見る。その瞳には本当なのかという不安と喜びがあった。

「本当にプロポーズを？」

「うん。嘘《うそ》じゃない。俺と結婚してほしい」

「は、はいっ」

平太の胸に顔を当てて、今度は嬉《うれ》しさから涙を流す。そのパーシェを落ち着かせるようにゆっくりと背中を撫《な》で続ける。

しばしその状態が続き、嬉しそうなパーシェが離れると、ロナとミレアとロアルの方へと平太は向き合う。

もしかしてとロナとミレアは思うが、とりあえず平太からの言葉を待ってみようと静かなままだ。

「この場に三人も一緒にいてもらったのは堕神《おちかみ》のことを聞いてもらうだけじゃなくて、パーシェさんへのプロポーズを見届けてもらうだけでもない。三人にもプロポーズをしようと思ったから。四人一緒にってのはどうかと思うけど、でもいい機会だとも思ったんだ」

少々勢い任せのところはあるが、四人を幸せにしたいと思ったことに偽りはないのだ。地球にいた頃の平太ならば考えられない願望で、こちらの価値観に染まったということなのだろう。

あとは心のどこかで万が一を考えてもいたのだ。堕神という脅威に対して無事でいられるのかという思いはあり、今言っておかなければという考えが背を押したのだ。

求められることに戸惑いと嬉しさを感じさせて三人は顔を見合わせる。

最初にロナが口を開く。

「私でいいの？　勝手にミナの父親にしたんだよ？　ミナの父としてありたいって思ってのプロポーズならしなくても大丈夫だよ？」

「ロナでいいじゃなくて、ロナがいいんだよ。そう思ったんだ」

「あなたは本当に嬉しいことばかり。あなたのおかげで組織から抜け出せて、一般人の生活を取り戻すことができた。今度は共に人生を歩いてくれるって言うの？　ありがとう、どんなに感謝しても足りない」

微笑《ほほえ》むロナの瞳からすぅっと静かに涙があふれて床へと落ちていった。ロナは涙が流れていることに気づくと、恥ずかしそうに顔をそらす。

平太はミレアを見る。

「ミレアさんは受けてもらえますか」

「私は小さい頃からあなたのことを聞き、憧れを抱いて育ってきました。そんな私ですからあなたのそばにいられることになり、家に伝わっていないあなたの様子を見ることができて、それだけで楽しい日々を過ごすことができました。それ以上は望むべくもない生活だったのです」

流れから断られる方向へと進んでいると思った平太は口をはさむ。断られる可能性も考えてはいたが、素直に頷《うなず》く前に考えを伝えておこうと思う。

「ミレアさんはフォルウント家で言ったよね。今後ずっと一緒にいると。あれを聞いて俺は嬉《うれ》しかったんです。そして俺だけが嬉しいだけじゃなくて、ミレアさんも嬉しいと思えるような今後になってほしい。そばにいるだけで嬉しいと言いましたね？　ならもっと距離を詰めたら、もっと嬉しく幸せになれるんだと思う」

どうですかとミレアの両手を平太は自分の両手で包んで問う。

「え、ええと」

視線をあちこちに向けて迷う様子のミレアからは返答が出てこない。

そこに追撃だと平太は続けた。

「俺はっあなたが欲しいっ」

ド直球の言葉がミレアの心を貫く。目が大きく開かれ驚きの表情となる。憧れた人から欲せられたことが夢のようで、夢ではないと理解しカァーッとミレアの顔がいっきに赤くなった。

「……はいぃ」

それだけ答えるのが精一杯だという様子で、顔を俯《うつむ》かせる。

憧れだった。子供の頃から平太の話をせがみ、平太の眠る祠《ほこら》に足を運び、飽きることなく訪れ続けた。

初めて会ったときは平静を装ったが、感動で胸がいっぱいだったし、その後で町を案内していたときは浮かれた足取りにならないよう必死に挙動を押さえた。

ハンターとして駆け出しの頃から見守って、成長していく様は伝説をこの目で見ているという高揚感を得ていた。そして地球に帰還し、過去へと移動して偉業をなした平太と再会できたときが最大の感動だと思った。しかし平太はミレアの予想を裏切って、復活した魔王討伐というさらなる偉業を果たし、そして神々と新しい伝説を作ろうとしている。

そのような人から求められてはもう無理だった。このように幸せでいいのだろうかと思いつつも嬉しさから頷くしかなかったのだ。


了承をもらえて平太は手を放す。最後にロアルだと視線を向ける。

そのロアルはというと平太がなにか言う前に手を向けて制止する。

「私にもプロポーズしてくれようとしたんでしょう？」

「そうだね」

「それは素直に嬉しい。でも私は無理かなって。断る事情がある、というか断る事情ができちゃった」

ロアルはすまなさそうに言い、それをパーシェたちがどういうことなのだろうかと不思議そうな目で見ていた。

平太はララが言っていたことが関連していそうだと思う。

「なにかしらの事情があるのはわかる」

「わかるの？」

平太に知られているとは思っていなかったロアルが聞く。

ララがロアルに関して話していたことをそのまま伝える。

その話でロアルは納得いったと何度も頷《うなず》いた。

「聞かせてくれてありがとう。そっか、本当は私は生まれてこなかったはずなんだね。補完されたってことなんだろうね」

「ロアルは自分の事情を把握していそうだな」

「空に堕神《おちかみ》が出現したときから心が刺激されたんだ。そして夢を見たの。それは『私』が実際に見たこと」

「詳しく教えてほしいと言ったら聞かせてもらえるのかな」

ロアルは少し迷う。話せば絶対怖がられるか排除されると思うのだ。だからいつまでも秘密にしておきたい。しかし目的ができて平太の協力も必要だった。

「あなたにだけは話しておかないとダメだと思う。だからあとで話そう?」

「わかったよ」

プロポーズに関してはこれで終わりと判断し、平太はやりきったという達成感が心にあふれる。ロアルは駄目だったが、事情があるなら仕方ないと思えた。求婚は魔王との対決とはまた違った緊張があり、無事終えられてよかったと心底思う。

そしてふと思う。ラストバトル前のプロポーズは死亡フラグだったのではないかと。しかしすぐにこうも思った。死亡フラグも立てまくれば壊れたはずだと。四人にプロポーズというフラグ乱立がそれに当てはまるから大丈夫だろうと。

「四人に話すことはこれで全部。用件を終えたからパーシェさんとロアルを送ってくる」

パーシェに腕を組まれた平太とロアルが家を出ていき、残った二人はなにも手につかないという様子だ。

「私もそうします。部屋に戻るね」

今洗い物をしようとしたら落として皿などを割ってしまいそうだった。

ロナは残った酒をいっき飲みして、水を張った桶《おけ》にグラスを入れ、部屋に戻る。ベッドに寝転び、先ほどの会話を思い返し、にへらと自然と笑顔になる。

ミレアも残った酒を飲んで、同じように桶に入れ、部屋に戻る。寝間着に着替えて仰向けにベッドに倒れる。先ほどの会話を思い返したのはロナと同じだが、枕に顔を押し付け表情を隠していた。しかし耳が赤くなっていて、ばたばたと足を動かしている様子から不快感を感じているようには見えなかった。

家を出た平太は、パーシェを送り、ロアルと二人きりになる。

ロアルは誰にも聞かれないよう、人の少ない場所を探して歩き、見つけたちょっとした広場のベンチに座る。そしてぽんぽんと自身の隣を叩《たた》いて、平太に座るよう誘う。

ロアルは空を見ながら口を開く。今も堕神《おちかみ》ははるかな向こうに感じられる。

「これまでどおりの暮らしができていたらなぁ」

「できないの？　今のところ切羽詰まったようには見えないけど」

「やろうと思えばできる。私だけの幸せを追求しようと思えばできるのよ。そしてそれをやって誰かに怒られることはない。迷惑をかけることもないのよ」

「しちゃえばいいのに」

平太の言葉に、ロアルはゆっくりと首を横に振る。

「そうしたいんだけどねぇ。私だけが幸せになることに躊躇《ためら》いがあるの。彼女の辛《つら》さはよくわかってる。だからこんな幸せなことがあるんだよって思い出してもらいたい」

ロアルが言う彼女という存在に、平太はなんとなく察しがついた。急に発生した問題、堕神の接近、空を見上げていること。これらからロアルの言う彼女とは堕神だろうと思う。

「堕神《おちかみ》って女だったんだね」

「あまり性別は関係ないけどね。もともとの神は女性体だったから、それに引きずられる形で堕神となっても女性体のままだね」

「肯定されちゃったかぁ」

「ええ、私が幸せを思い出してもらいたいのは堕神であり、私は彼女のひとかけら、のようなもの。こことは違う世界で討伐された堕神のほんの少しの力が時空を超えて、この世界に入り込み、母さんの中に宿った。そして生まれるはずのない私が誕生」

「そういった流れだったんだな」

「討伐の現場にはあなたもいたわよ」

「まあ、いるんだろうね。んで、幸せを思い出してもらいたいってどうするのさ」

「私がこれまで生きてきて感じたことを、抽出しあなたに渡す。それを相対する堕神に叩きつけてちょうだいな」

「思いを取り出すってわりと大変っていうか、喪失感が半端ないよ。それでもやるの?」

ララから思いを抜き取られたときのことを思い出し言う。

「あら、まるでやったことがあるみたいね」

「あるよ。始源の神が帰ることに必要だからって、過去にいたとき帰郷の思いを体から取り出した」

「あったのかぁ。経験しているなら、そりゃわかるよね。でも私はあの子に思い出してもらいたい。あの子からしたら短い私の人生だけど、それでも楽しく幸せだったんだよ。空の果てでは寂しさしかない。何度叩《たた》きのめされ追い返されても戻ってくるのは、破壊衝動と今はもう掠《かす》れて思い出すこともできない温かさを求めてるから。しっかりと思い出すことができれば、幸せな最期を迎えることができると思うんだ」

「最後になるの？」

「おそらくね。思い出してまた空の果てへと行こうとは思わないだろうし、そもそも別の世界ではめったにやられて滅びたっぽい。ここでもそうなるんじゃないかな」

高い可能性で堕神が滅びると考え、そうなるなら最後くらいは幸せであってほしいとロアルは考えたのだ。

「寂しくなる」

「今生の別れってわけではないし、記憶がなくなるわけでもない。また一からスタートってだけ。いろいろと手伝ってもらってまた想いを育てればいいのよ」

「そうかもしれないけど、うん、やっぱり寂しさはある」

ロアルは頷《うなず》いた。それでも止める気はなかった。寂しいのは堕神も一緒なのだ。自分はやりなおせるけど、堕神は今回で終わる。だったら手向《たむ》けを送ってやりたい。堕神が抱えているものをわかっているのは自分だけ。それを抱えたまま終わるのは悲しい。

そういったことを考えながらロアルは自身の胸に手を当てて、思いを取り出す。きらきらと眩《まばゆ》く光るそれはなによりも大切な宝物だとわかる。だからこそ堕神《おちかみ》の渇きった心にも届くと思うのだ。同じ存在が得た幸せの塊。それを拒絶はできないだろうと。

「はい、よろしくお願い。叩《たた》きつけるのは堕神を思いっきり弱らせたあとがいいと思う」

差し出されたそれを平太は両手でしっかりと受け取る。どう保管しようかと思っていると、ブレスレットに吸い込まれていった。

「帰るね」

平太に背を向けてロアルは歩きだす。あっさりとした別れに、平太は思いがここにあるのだから当然だと思えた。

ロアルはなんでもない顔で心にぽっかりと空いたものを感じつつ、自身では止められない涙を流しながら歩く。

平太のことはなんとも思っていない。強いて言うならハンター仲間。記憶は大事な存在だと示してくるが、感情はそれを肯定しない。アンバランスな状態に、しばらくは不調が続くのだろうとため息を吐《つ》く。

この喪失感が無駄になってしまわないよう、神ではないなにかに上手くいくことを祈り、早くベッドに倒れ込みたいと足を速める。

翌朝、顔を合わせた平太とロナとミレアはややぎこちなく、ミナとバイルドとグラースは不思議そうだった。

プロポーズしたとはいえ、いきなり関係が変わることもなく、日々を過ごす。距離感が近くなって、照れを見せる初心《うぶ》なそれぞれが見られたが、次第に落ち着きを取り戻していった。

そうなって平太はミレアとパーシェの両親に挨拶《あいさつ》に向かうことに決める。

まずはミレアを連れてフォルウント家に行く。

来訪の知らせを聞いたガブラフカは、ビーインサトの件かなと考える。

「おはようございます」

入ってきた二人にガブラフカが挨拶し、二人からも挨拶が返ってくる。平太は普通に見えるが、ミレアはやや緊張しているように感じられた。

最近あったことなどを互いに話し、平太は本題に入るため背筋を伸ばす。

「今日来たのはミレアとの結婚報告なんだ。ミレアの両親にも挨拶に行くつもりだけど、当主にも報告をと考えた」

ガブラフカは少し驚いたように表情を変えて、ミレアを見る。照れたような笑みを浮かべたミレアがいて、本当のことだとわかる。

「ミレア、おめでとうっ」

「ありがとうございます。こうなるとは私自身予想しておらず」

「近くで過ごせるだけで嬉《うれ》しそうだったもんな。それ以上は望まず、一生を側仕《そばづか》えですませるんだろうって思っていた」

「そのつもりだったのですけどね」

「俺が押し通した」

「とまあ、このような感じで押し負けてしまいました」

負けたとはいうが幸せそうで、無理矢理ではないとガブラフカも思えた。

そうかそうかと何度か頷《うなず》くガブラフカはふと気づいたように尋ねる。

「ヘイタ様にはパーシェさんという方もいたはず。その方はどうしたんですか」

「パーシェさんにもプロポーズしたよ。あとはロナにも同じく。三人との結婚ってことになる。一応エラメーラ様とも結婚することになるんだけど、あっちは正式にというわけではないし」

「三人という部分にも驚きですが、エラメーラ様というと小神じゃないですか！」

基本的に一夫一婦ではあるが、複数婚姻が認められないわけではない。そういった家庭は、どの国でも探せば簡単に見つかる。だからガブラフカは複数婚姻への驚きはそう大きなものではなかったが、さすがに神との結婚は驚かずにはいられなかった。

「うん。ちょっとした事情があって、結婚する必要があるんだ」

「神と結婚しなきゃいけない事情ってなんですか⁉」

詳細を語るつもりはないと前置きして、この先大きな危機が迫り、それに対処するためどうしても結婚が必要となったとだけ話す。

あまり聞かせられない類《たぐい》の話なのだろうとその話しぶりからガブラフカは判断し、それ以上のことを聞かずにすませる。

「これだけ聞かせてください。その危機に対してなにか対策や準備などやっておいた方がいいでしょうか？」

「正直なところ俺にはわからない。以前同じことがあって神々に被害が出たとは聞いた。だから神が守っていた場所は自力で守るよう対策をとらないといけないとは思う」

「神が死ぬというふうに受け取れるのですが」

「その可能性はある」

断言された返答にガブラフカはまさかという思いを抱くが、覚悟をしておくことに決めた。

「……この国にも小神が腰を据えている場所はあります。そこに支援できるよう準備だけしておきます」

「それがいい。もしかしたら何事もなく終わる可能性もあるけどね」

「そうだといいのですが」

心の底からそれを願うガブラフカ。結婚というめでたい報告から続いて、このような重い知らせを聞くことになるとは思っていなかった。

平太たちが去ってすぐにガブラフカは私兵を動かす準備を始める。ふと手を止めて王に連絡を入れようかと考える。しかし止《や》めた。余計な混乱を引き起こすかもしれず、大変な時期が迫る神々の手を煩《わずら》わせるべきではないと判断した。


ミレアの結婚報告をすませた次の日、今度はパーシェと一緒に王都に向かう。

平太と一緒にやってきて大事な話があると告げたパーシェに、母親は内容を推測し仕事中の父親を呼び出す。

向かい合うように座った四人はわずかに緊張した様子だ。平太たちは結婚報告ということに。両親は万が一予想が外れ今後の付き合いをなくすというものだったらどうしようというものだ。

パーシェの表情が明るいものなので、そうではないと思っている。だが以前部屋にこもったあとの悲しみを乗り越えた笑顔を忘れていないのだ。だからわずかな可能性も捨てきれなかった。

「そ、それで話とは?」

父親が意を決して口を開く。

「パーシェさんに結婚を申し込みましたので、その報告をと」

「そ、そうか！」

予想が外れていなかったことに両親は胸をなでおろし、その後すぐに喜ぶ。

「よかったわね、パーシェ。ええ、本当に」

涙ぐむ母親の横で父親がよかったよかったと本当に嬉《うれ》しそうに繰り返している。

平太が故郷に帰ったと聞いたときはまた娘が悲しむことになったと思っていたのだが、必ず帰ってくるから待つと断言した娘の想いが報われて心底嬉しかった。

「これまで心配かけたけど、それでも急《せ》かさず見守ってくれてありがとう」

「うんうんっ。それで報告のパーティーはいつ開くかね？　うちで開いてもいいだろうか？」

ようやくやってきた長女の祝い事だ。大々的にやりたかった。

「どこで開くかについてはそちらにお任せします。ただいつ開くかに関してはこちらで決めたいと思うのです。実はこのあと大きな仕事がありまして、そちらが終わったあとにやりたいと思っていまして。あと言っておかないといけないことがもう一つ」

「なにかな？」

「プロポーズした相手はもう二人いまして」

「複数婚姻は珍しくはあるが、話に聞いていたことから予想はできていた。むしろ大きな仕事という方が気になるな。先にパーティーを開くのでは駄目なのか？」

「きちんと片付けておきたい仕事ですので。あれが無事終わらないと気が気でないといいますか。神からの頼まれ事なので詳細は話せませんということも言っておきます」

「神からの仕事か。それなら人間の都合でどうこうは無理だな。しっかりと終わらせてくるといい」

どのような仕事か知っているパーシェは心配する思いを隠して、父親の言葉に同意する。

「パーティーは先のことだが、今夜内輪で祝うのは問題ないだろう？　シェルリアにも知らせてこっちに来てもらおう。きっと喜ぶぞ」

どうかねと問われ平太たちは頷《うなず》く。今日一日はパーシェのための時間ということにしてあるのだ。

早速父親は部屋を出ていき、城へと知らせを走らせる。今日の仕事の終了も一緒に部下へと連絡している。

知らせを受けたシェルリアは嬉《うれ》しい報に驚き喜んで、夫のロディスに話して帰宅の許可を得る。

両親が使用人たちに宴会を指示し、屋敷内がいっきに慌ただしくなる。

主役である平太とパーシェは宴会の準備が整うまで町に出て、エラメルトの家で待つ皆へのお土産を買いながらのデートをしていた。

夜、家族と使用人たちに祝われてパーシェは、本当に幸せそうに笑っていた。

それぞれの家族への報告を終えて、タイミングを計ったかのようにエラメーラから誘いがくる。

堕神《おちかみ》がいよいよこの世界に迫り、平太たちも神々の島へと向かう時期が来たのだ。

パーシェも加えた、バイルドの家に住む者たちが見送るため集う。

「じゃあ行ってきます」

役に立つかはわからないが、過去の魔王戦での装備に身を包んだ平太が言う。

「パパ、ちゃんとかえってきてね？」

抱き着いたミナが不安そうに言う。

ミナには詳細を伝えていない。しかしロナたちの雰囲気でなんとなく危ないところに行くのだと察したのだ。

そのミナの頭を平太はゆっくり撫《な》でる。

「俺の帰るところはお前たちのいる場所だからね。ちゃんと帰ってくるさ」

「ん、約束だよ」

強く抱き着いてから離れたミナのかわりにグラースが身を寄せてくる。

そのグラースの背を平太は身をかがめてガシガシと撫《な》でる。気持ちよさそうにグラースは目を細める。

「俺がいない間、ミナのこと頼むな?」

「ガウ」

わかっているといった返事に、平太は笑みを浮かべて再度撫でる。初めて出会ったときから頼りになったグラースに任せておけば、ミナの身の安全は保障されたも同然だと安心して出かけられるというものだ。

立ち上がり今度はバイルドを見る。最初に会った頃とは違い、穏やかな表情で声をかける。

「爺《じい》さん、いい年なんだからあまり無茶すんなよ」

「お前さんもな。なにをしてくるか聞いてはいないが、いつもとは違う雰囲気だ。きっと大事件なんじゃろ。無事に帰ってこんとミナが泣く、さっさと終わらせて帰ってこい」

「あいよ」

平太の視線はミレア、ロナ、パーシェに向く。事情を知っている三人は心配や不安が心の中に生じるのを抑え込み、笑みを浮かべている。難事に挑むのは平太なのだ。自分たちが不安を表に出して、元気づけられる立場ではいけないと安心して行けるよう笑みを浮かべていた。

そんな硬い笑みの三人に平太は声をかけず、一人ずつ抱きしめていく。ちゃんと帰ってくるから安心しろと態度で示す平太に、三人は隠しきれなかった不安から生じた体の震えが伝わりはしなかったかと思いつつも、体温の温かさに安堵《あんど》も湧いた。

「行ってきます」

これからのことに不安など感じていないかのように笑って家を出ていった平太。

無事の帰還を全員が祈る。

家から出た平太は笑みを消す。平太も不安はあったが、ミレアたちが考えていたように心配をかけないように明るく振る舞っていた。そして抱き着いた者たちの体温の温かさに緊張が解《ほぐ》れていた。この温かさを手放したくないと思えた。

そのまま神殿には向かわず、ロアルに会いに行く。堕神《おちかみ》のところへ向かうと告げるためだ。

店に行って店員に尋ねると、ロアルはいないということだった。両親と一緒に近くの町まで一泊旅行に行っているということだった。

堕神のために想いを差し出して、これまで好きだったことなどへの情熱が減った。それをロアルは演技で誤魔化していたが、両親には見抜かれて事情を尋ねられたのだ。なんでもないと最初はなにも言わなかったロアルだったが、心配そうに聞く両親に根負けして話した。

子供ができないという話に心当たりのあった両親は、ロアルの話を一笑に付すことはなかった。特に母親はロアルが生まれる少し前になにかが宿ったような感覚を得ていたのだ。

なぜロアルがそんなことをと想いを差し出したことに両親は嘆く。

ロアルは平太にも話したように、この世界の堕神《おちかみ》にも幸せのおすそ分けをしたかったと告げて、後悔などしていないと話す。

そう話す姿が強がりなどではないと、これまで育てて一緒に暮らしてきたことで理解できた両親は、嘆くことはやめた。そしてまた一緒に想いを育むことに決めた。その一環が旅行だった。

一緒に過ごし、大切にしてくれることをロアルは嬉《うれ》しく思い、今回の旅行を両親と楽しんでいる。

店員に約束は守るという伝言を頼んだ平太は神殿に向かう。

神殿に入り、一直線にエラメーラの私室に向かう。ノックをして返事を待ち、中に入る。

穏やかで清浄な雰囲気に満たされた部屋の中には、リンガイとメイドといつもとは違った服装のエラメーラがいた。

「おはようございます。その格好は？」

「おはよう。これは神としての正装なの」

少しばかり照れたように笑みを浮かべたエラメーラ。結婚には正装でというのが決まりなのだ。この衣服を身に着けたことでいよいよ結婚なのだと意識させられて、どうしても照れが生じてしまう。

赤花の花冠に、薄紅色の天女の羽衣のようなもの、肘《ひじ》近くまである薄手の白手袋、小さなルビーのあしらわれたネックレス、踝《くるぶし》まであるワンショルダーの白ドレス、ヒールの低い白のパンプス。これらを身に着けたエラメーラをリンガイたちは眩《まぶ》しそうに見ている。

「とても綺麗ですよ」

見たまま感じたままを言った平太から、エラメーラは視線をそらす。

「ありがと」

照れからほんの少しだけぶっきらぼうな返事になってしまう。気に障《さわ》ったかと平太を見て、微笑《ほほえ》みを返され、エラメーラはほっとする。

表情を引き締めてリンガイたちを見る。

「これから私たちは堕神撃退に向かいます。留守の間、よろしくね」

「はっ。無事の帰還を祈っております」

「お気をつけて」

リンガイとメイドにエラメーラが頷《うなず》き返す。

それで出発準備が整ったとみたのか、床に転移陣が現れた。これに入り、島まで来いということだ。

エラメーラが陣に乗り、その横に平太が並ぶと二人の姿が消え、陣も消えた。

転移した二人はララの部屋の前にある廊下に出た。そこには大神たちがそろい、現れた二人を見ている。その背後に以前平太が見た深紅の扉が変わらずにある。

微笑《ほほえ》み歓迎の意思を感じさせるネージャスが口を開く。

「ようこそ。ヘイタには自己紹介が必要だろう。私はネージャス」

「私はカルテラジよ」

緑の長髪の女神が続き、最後に猫目の初老に見える男神が名乗る。

「私はファグオニカ。此度《こたび》の結婚見届け人として我ら三神が同席する。よろしく頼む」

一応平太も名乗り返し、ネージャスが扉を開けて、ララの私室に入る。

部屋に入ってきた平太とエラメーラを見て、ララが立ち上がり近づく。

「待っていたわ。いよいよなのだと。今日この日をどれだけ待っていたか」

興奮や喜びといった感情をはっきりと感じさせるララに、神たちは驚きを隠しきれな

い。平太にとっては驚くに値しないことだ。以前の会話でそういったものは見ていた。

神たちが驚く中、平常通りの平太が口を開く。

「約束とは違うけれど、あのときの話を実現させるためエラメーラ様と来ました」

「ええ、あなたもだけどエラメーラもよく来てくれた。そしてヘイタをこれまで正しく導いてくれてありがとう。おかげで待ち望んだ今があり、未来がある」

「恐縮です」

エラメーラは緊張し頭を下げる。感謝されることではなかった。自身がそうやりたいと思い、心のおもむくまま接してきただけなのだから。これまでの行動がこうもララに感謝されることに繋《つな》がるのかいまだもってわからない。

「早速始めましょう。この世界にとっても、神々にとっても、私にとっても、待ちわびた時が来た」

ララが片手を真上へと振ると部屋の中が煌《きら》めいた。

いつにないララのことは気になるが進行役としての役割を果たすためネージャスが平太とエラメーラに向かい合うように言う。

「互いの手を重ねるように」

いよいよ結婚となると緊張した様子で平太とエラメーラは指示に従い、右手と左手を重ね合わせる。互いの手の大きさ、柔らかさの違いなどを感じ取る。

「次は額と額を触れさせる」

　間近にある互いの顔を見て、ぎこちないながらも笑みを交わす。

「宣言せよ、この先ともにあると」

「……エラメーラ様と一緒に」「ヘイタと共に」

　二人の言葉に合わせるように周囲の煌めきが増す。祝福しているようで、愛し合っての儀式ではないのにいいのだろうかと二人は思わず疑問を抱く。

「宣言はなされた！　祝え、謳《うた》え、新誕双生《しんたんそうせい》である！」

　ネージャスが言い切ると同時に、二人は互いの手や額をすり抜ける。見えないなにかに背を押されるように互いへと近づいて、あるはずの肉体接触はなく、されど重なり合う感覚はたしかに感じながら、互いが肉体を超えてどんどん近づいてくるのを感じた。魂が重なり合うのをこのときたしかに感じたのだ。

　眩《まばゆ》い煌めきに消えた二人は、ネージャスたちから見ても捉えることはできない。

　やがて煌めきが消えていき、そこには一人のみが残っている。

　白く艶《つや》のある革のような鎧《よろい》をまとい、同じく白の首に巻き付けるマントを身に着けた、肩辺りまで伸びた黒髪の男。平太の面影はあるが、顔の造形から鋭さが減って曲線が増え、十代前半の少年へと変化していた。肌と目はエラメーラが影響を与えたか、白肌に赤い目だった。

現れた少年は不思議そうに自身の体を見ている。

「……これは」

「父上！」

もう我慢できないとララが、聞いた者も言われた者も驚く発言とともに不思議そうな少年に抱き着いた。

同世代の少女が嬉《うれ》しそうに少年を父と呼ぶことは違和感を与えるだろうが、それ以上にララ以外の者たちはララの発言に驚き戸惑うしかなかった。

満面の笑みで少年の顔にララは自身の顔をすり寄せる。

放っておけば飽きることなく抱き着いたままだろうララにネージャスが声をかける。

「ララ様。父上とは？」

呼ばれたララは抱き着いたままネージャスに顔を向ける。

「正確にいうと先代である父様とは違う。でも父様と同じなの」

「同じ、ですか」

わからないというネージャスたちに説明を続ける。

「父様にはあって、私にはないものがある。それはなにかを生み出すということ。能力でいうなら創造という無から有を生み出すもの。いえ、ちょっと違うかな。とても少ない力で、とても大きななにかを生み出す。それが父様の持っていた能力で、父上が持っている能力。私が受け継ぐことができなかったものであり、世界の誰もが持ちえない。父様と父上だけの能力。それを持つということは私よりも上と示す。だから父上」

そう言ってララは再度顔を寄せる。あまりにも幸せそうで、違うのではとは言える者はなかった。

ネージャスは少年に視線を向ける。

「あー、なんと呼べばいいのかな？」

「ヘイタとしての意識が表に出ているので、ヘイタと」

再現を昇華させるため、主として平太が前面に出る必要があったのだ。エラメーラが主となっていれば、黒髪の二十歳《はたち》手前くらいの女性になっていただろう。身に着けているものもドレスだったはずだ。

今の状態でもエラメーラの意識は消えておらず、きちんとある。

「そうか、ではヘイタ。創造の能力はララ様が言った通りのものなのだろうか」

「はい。ほんの少しの力を使って、これまで見たことないものや現象を生み出せます。現実にない想像上のものなんかも生み出すことができそうです。再現のときの制限も外れて、たくさんの品物を出したりできるようになっていますね」

「それは制御が大変なのでは？」

ファグオニカが尋ねる。考えたことが実現してしまうことの危険性を思う。天変地異などを考えてしまって被害が広がるなんてことがありうると心配したのだ。

「創造を使う際には、俺とエラメーラ様が二人して承諾し、合言葉を口にしないと使えないみたいです。おそらくですが先代の始源の神がそういったふうに仕掛けを施していたのではないかと」

平太とエラメーラは無意識に自分たちで制御をかけたのかとも思ったが、それにしては整然としているのだ。ならば第三者の手が入っていると考えた方が自然だった。

「そうか、安心した」

「私からもいいかしら。ヘイタが表に出ているとのことだけど、エラメーラは溶けてしまっていない？　過去に少数だけど結婚して取り込まれたっていう事例があるの」

「それは大丈夫です。きちんとエラメーラ様の意識はあります」

『ご心配ありがとうございます。この通り受け答えできる状態です』

ヘイタの口からエラメーラの声で存在を主張したのを聞き、カルテラジは安心したように頷《うなず》いた。声色《こわいろ》をまねたのではない、意思のある声に大丈夫だと確信が持てた。

「これからすぐ堕神《おちかみ》撃退に動くのでしょうか？」

「そこらへんはララ様のお考えに従うのだが」

どうなのだろうとネージャスはララに声をかける。

「ん、もう少しこのまま」

「甘えたいだけならすぐに動いた方がいいと思いますけど」

ヘイタが離れようとしても、強く抱き着いて離れまいとするララ。

「そうだけど、それだけでもない。あなたたちは一つになったばかり。もう少し落ち着く必要がある。存在を馴染《なじ》ませると言ってもいい。存在が若干不安定だから、創造の制御に乱れが生じる可能性がある。はっきりとはわからないけれど創造は堕神撃退において重要な位置にある。そんな不安を抱えたまま向かわせるわけにはいかない」

「そういうことでしたか。どれくらいの時間を必要とするのでしょうか」

ネージャスが聞き、ララから一日ほどと返される。

「では私どもは先に天へと上がり、行動間近だと伝えてきます」

「ええ、そうして」

「できればララ様も一緒だとありがたいのですが」

「や。私はまだまだ甘えてる」

そうですかとやや引きつった顔でネージャスは言い、カルテラジたちと一緒にはるか上空、星の満ちる天上へと向かう。

ここにきてネージャスたちはララへの接し方を間違えていたのかと考える。ああして甘えて感情を発露させているところを見ると、一個の存在として認識せざるをえない。しかしながらこれまでの自分たちはララを特別な存在として畏敬の念を持ち接してきた。それに対しララはほぼ感情を感じさせることなく反応を返していた。もしかすると心を殺していたのではと思う。甘え頼る誰かがおらず苦しませていたのならば申し訳なかった。大神と称される自分たちでも誰かに寄りかかりたくなることはあるのだ。ララもそうであっておかしくはないと、あの姿を見て思えるようになった。かといって今さら態度を変えるのは難しいが、このことはきちんと覚えておこうと天上に着くまでにカルテラジとファグオニカと話す。

「父上ー」

ヘイタは幸せそうに甘えてくるララから再度離れようとするができずに、そのままにすることにした。

本気で離れようとすればできたのだろうが、どうにも力が入らない。それはエラメーラが持つララへの畏敬の念のせいであり、こうして幸せそうなララのやりたいようにやらせたいという平太とエラメーラの思いのせいでもある。

ヘイタはそのまま放置して、自身の内に意識を向ける。

イメージ的には裸の平太とエラメーラが間近で向かい合っているような感じだろう。

互いのなにもかもが見えてしまう状態で、隠しておきたい心情なんかも知ってしまった。長く付き添った夫婦以上に互いのことを理解していると言っていいだろう。

隠そうと思ってもできず、恥ずかしく悶《もだ》えたい思いも理解し、苦笑いを向け合う。

「これが神の結婚なんですね。一つになるってこういうことだったんだなぁ」

「私も話に聞いていて覚悟はしていたのだけど……うん、こうなるとは」

「こうなってしまっては」「仕方ないわね」

『末永くよろしくお願いします』

互いに頭を下げて、笑みを交わす。

こうまで理解し合って、二人にわかれたときにこれまで通りの関係でいられるとは思えなかった。経緯はどうあれ、互いを受け入れていて、それが嫌ではない現状に形だけではない、本当の結婚をと二人は同じことを考えた。

「まあ、それも」「堕神《おちかみ》撃退を乗り越えて」

言葉にせずとも互いに言いたいこと、伝えたいことは通じる。それが当たり前であり、違和感などなく、嬉《うれ》しさすら感じる。

このまま浸っていたい、その欲望に流される前に意識をヘイタとして戻した。

内に意識を戻していたのは短い時間だけと思っていたが、窓から入ってくる光は夕焼け色のもので、思った以上に内で時間を過ごしていたのだとわかる。

ララは抱き着いたままで、表情は変わらず幸せそうだった。

「仕方ないな」

そうねと返ってくる意思を感じながら、ヘイタは大きなベッドを創造し、ララを抱きかかえてそこに横たえる。

胸元に顔を寄せたララの背中を軽くぽんぽんと叩《たた》いて、ゆったりとした時間を過ごす。

「ララ様」

ぼんやりしていたヘイタはふと湧いた疑問を問うことにする。

「なあに？」

「俺に頼みたいことがもう一つあると言っていましたよね。あれはなんです？」

「この世界と周辺には力が満ちている。人間が魔導核で取り込んでいる力。神も同じく利用している力。それはどこからともなく生じるものじゃない。有限なの。このまま使い続ければいずれなくなる。そのときを延ばすため、父上に堕神《おちかみ》撃退のあとに力を増やしてもらう」

「たしかに創造なら可能ですね」

それができると自然に思えた。そして創造で力を測る能力を創り測ってみると、たしかに現状膨大ではあるが有限でもあるとわかる。

必要なことだろうなとヘイタが思っているうちに、ララが眠たげにあくびをする。ララが眠ってしまう前にもう一つ聞きたいことがあったので声をかける。

「もう一つ聞きたいのですが」

「んー？」

「ロアルのこと、堕神のこと。これは把握していますか？」

「うん、聞いていた。よそから来た堕神の欠片《かけら》だよね。ロアルの願いを叶《かな》えた方がいいと思うから、反対しないよ。それにやることを大きく変えるわけでもない」

　堕神と戦うという方針に変わりはなく、最後に預かっている思いを叩きつけるだけ。それなら反対もなにもない。

「そっか、ありがとうございます」

　気の抜けた返事のすぐあとにララから寝息が聞こえてくる。ヘイタはララから離れることなく目を閉じた。ただくっついて甘えるだけではなく、堕神撃退のため英気を養っているのだろうと考えて共に眠る。

　夜が明けて、太陽の光が部屋の中に注がれ、その明るさでヘイタは起きる。ララは抱き着いたまま幸せそうな寝顔でいる。

「起きてください。天上に行かないと」

　もういいだろうとララを離してベッドから下りる。

「もっと寝ていたかった」

「あまり猶予《ゆうよ》はないのでしょう？　皆を待たせては駄目ですよ」

「もっと口調砕けてくれたら行く」

丁寧な口調のままでも行かないということはないのだろうが、テンションの差で世界への被害に差が出てはたまらないとヘイタは言いなおす。

「皆が待ってる。行くぞ、ララ」

「うん！」

腕を組んできたララと一緒にヘイタは島から宇宙へと飛ぶ。

空の色が変わり、世界の全容が見える位置までくると大きく暗く朱色に輝く塊が遠くに見えた。あれが堕神《おちかみ》なのだとヘイタもわかる。堕神に反応したように、ロアルの思いが込められたブレスレットが小さく震えた。

堕神から目を離すと小神たちが集まり、世界を守るための結界を張っているところが見える。

近づくララの気配で、やってきたことを知った小神たちは作業する手を止めて歓迎のため敬意を示そうとしたが、嬉《うれ》しそうな様子で見知らぬ神と腕を組んでいる姿に驚き固まる。

当然の反応だと大神たちは、皆を動かすため軽く力を放ち、その衝撃で正気に戻していく。

我に返り、再度ララを見て動揺する小神たちに、大神たちはわかっていることを説明していく。

「ということは今後我々をまとめるのは始源の神ではなく、先代の後継者ということに？」

誰かから疑問が上がる。ヘイタがトップに立つということに不満があるというわけではなく、純粋に今後どうなるのかと思っての質問だ。

ヘイタはそれをないないと手を振って否定する。

「この姿は一時的なもの。必要な状況以外はなるつもりはないです。だから今後もトップはララと考えてください」

「呼び捨てで大丈夫なの？」

カルテラジが聞く。

「こう呼ばないと拗《す》ねるんですよ」

「……拗ねるの。そうなんだ」

これまでのイメージとまったく違うララに戸惑いを隠せない。ララも誰かに甘えたいのだろうとは思ったが、やはりまだまだ慣れない。

「ええと、これから堕神撃退なんだけど、その様子で大丈夫なのかしら」

気合いや意気込みの感じられない緩みきったララに若干の不安を感じる。カルテラジの言葉に同意という意思があちこちから感じられた。

「英気を養うために好きにさせてます。さすがに撃退戦が始まったら気を引き締めると思いますよ？　そこらへんどうなんだ、ララ」

「始まる前にはきちんとする」

「だそうです」

「それなら問題ない、のかしらね？」

おそらくとしかヘイタも答えられない。

「ひとまずララのことはおいておきましょう。これからどうするのか俺は知らないんですが、スケジュールとか決まってるんですか？」

「説明は必要ね。撃退準備はずっと前から始まっていて、そろそろだろうと各自が思ったときから体調を万全に保つように指示を出していた。そしてあの堕神《おちかみ》が発見されて、小神をここに集めて結界を張る準備や怪我《けが》したときの治療場所の準備といったことを行ったわ。その準備は順調に進んで今日に至った。もう半日くらいでララ様と私と戦闘担当の小神がここから出発して堕神に接近し交戦。結界指揮はネージャス、治療指揮はファグオニカが行うことになっているの。こんな感じ」

「俺はフォローに回るって聞いていたんですが、戦闘についていけばいいんでしょうか？」

「そうね、戦闘班についていって少し下がったところから能力を振るってくれってことなのだと思う。ララ様、このような予想ですが合っていますか」

「それで合ってる。能力の使い方は父上の自由に」

「自由……本当に？」

それでいいのだろうかとヘイタは思う。

「創造の使い方は私たちじゃ説明とかは無理。だから自由に父上がやりたいと思ったことをやって」

「たしかに創造という能力をもとにして作戦を考えろと言われてもどうしようもないわ」

ララの説明にカルテラジは頷《うなず》いた。

「だったら今二つ思いついたのでどうなのか聞きたいです」

「どうぞ」

「一つ目は戦闘班を強化する術を作って、それを使う。二つ目は結界を強化する術を作って、結界に使いたい。どう思いますか？」

「一つ目は助かるわ。自力で強化できるけど、やってもらえるなら余った力を攻撃に回せるし。ただどれくらいの強化度合なのか疑問がある。自分でやった方が強いのなら自力でやりたいし」

「じゃあ、一番強化が得意な神の強化を元にして術を作って皆に使えばいいかなと思うのですけど」

「それでいってみましょうか。いきなり本番でやるのも問題あるだろうから、一度この場で体感してみたい。一番得意なのはララ様だから、お願いできますか」

カルテラジの頼みに、必要なことだと判断したララがヘイタにくっついたまま自己強化を行う。ララを中心に圧が放たれる。

それを調べるためヘイタは観察用の術を作り、すぐに使う。

じっと見られることに嬉《うれ》しそうで恥ずかしそうなララ。

「わかった。カルテラジ様に使ってみますね」

頷《うなず》いたカルテラジにヘイタは手を向ける。

「始源強化」

ほのかな光がカルテラジを包む。術の効果が発揮しているとわかり、カルテラジはヘイタたちから離れて動いてみる。かなりの高速で、されど速さに振り回される様子もなく動き回っている。

三分ほどで確認を終えたカルテラジがヘイタたちのところに戻る。

「大丈夫だったわ。動作が速いだけじゃなくて、その速さに感覚も追いついていって思ったように動けた。自分で強化するよりも断然こっちの方がいい。注意点としては戦闘班に一度経験してもらって、これだけ動けるのだと慣れてもらいたい。消耗が大きいなら頼めないけど、どう?」

「大丈夫ですよ。ほとんど消耗していませんから」

戦闘班を集めてくると言ってカルテラジは、作業を手伝っている戦闘班に声をかける。

すぐにヘイタたちの周りに戦闘班が集まった。

カルテラジが行うことを説明し、了承の返事があり、ヘイタが皆に術を使う。

「じゃあ各自離れて確認！」

カルテラジの合図で、小神たちは離れていき思い思いに動き確認していく。

それを見ながらカルテラジは効果時間がどれくらいか尋ねる。

「正確なところはわかりません。感覚的には一日は確実にもつといったところです」

「なるほど一日を過ぎる前にあなたの周りに集まるようにした方がいいかしらね。こっちは大丈夫だから、結界の方に行ってきたら？」

そうしますとヘイタはララを連れて、ネージャスのいるところへ移動する。すぐに接近に気づいたネージャスが微笑《ほほえ》みを向ける。

「おや、なにか用事かな？」

ヘイタは結界を強化したいのだと用件を告げる。戦闘班に術を使ったことも話す。

「ほうほう。助かる話ではあるが、どのように強化するか考えているかね」

「なんとなく結界そのものを強化しようかと思っていました」

少し考えてネージャスは首を横に振る。

「……その方向はなしでいこう。強化された結界の維持に担当の小神たちが苦労するかもしれない。強化すれば今以上に硬くなるのだろうが、受けた衝撃を補填《ほてん》する力もその分多いかもしれないからね。代案として今張っている結界を重ねるというのはどうだろうか」

今張っている結界もかなりのものだ。それを二重三重に重ねてしまえば、最終ラインの結界にかかる負担はかなり減ると考えた。負担が減るということはその分長く結界を張り続けることができるということでもある。

その意見にヘイタはすぐに頷《うなず》いた。

「それでいきましょう。実際に作業している皆さんの意見を優先した方が確実でしょうし」

結界の状態を術で観察し、小規模の結界をヘイタは自身の周りに張る。

「確認用に一度使ってみました。強度などの確認お願いします」

「任された」

頷いたネージャスはまずは結界に触れる。冷たくもなく温かくもない薄い壁。薄くはあるが、触れて変形することもなく、そのまま力を込めて押してもびくともしない。

「思いっきり殴るから万が一を考えて、すぐに下がれるようにしておいてほしい」

「わかりました」

ヘイタはいつでも下がれるように構える。それを見てネージャスは拳《こぶし》に力をまとわせて振りかぶって、目の前の結界に叩《たた》きつけた。かなりの衝撃が拳に返ってきて、それを気にせずすぐに結界を観察する。どこかに穴が開いていたり、脆《もろ》くなっている様子はない。

「うむ。強度に問題はないようだ。あとはすぐに消えてしまわないかだが」

「なんの衝撃も受けなければ、そのままあり続けると思います。どれくらいの衝撃で消えるかまではちょっとそのときにならないとわからないですね。ちなみに今のパンチだと千発で消えるんじゃないかと」

「それだけもてば十分なような気もするが……とりあえず二枚張ってくれるかな。撃退戦が始まって余裕があれば再度張ってもらえると助かる」

「わかりました」

ヘイタは現在張られている結界の数十センチのところに同じ規模の一枚目、そこからまた少し離れたところに二枚目を張る。

「これで俺がやろうと思ったことは終わりです。ネージャス様はなにか事前にやれることは思いつきますか？」

「ふむ……治療に関してもなにかやれないかとは思うが、ここは経験者に聞くとしよう。ララ様、前回なにか治療関連で問題など起きましたか？」

「疲労」

ララは端的に答える。

ヘイタもネージャスも疲労がどのように問題となったのかわからない。

「それだけじゃわからないから、もっと詳しく」

「戦いが進むと疲労が溜《た》まって、怪我《けが》しやすくなった。ミスも多発して、死んでいく神も後半になって増えた。だから疲労を回復する方法があればいい」

「ということらしいが、用意できるかね？」

「疲労回復ですか」

考え込もうとしたヘイタにララが話しかける。

「難しく考えない方がいい。創造は無茶がきく。こういったものが疲労回復させるという考えで作れば、性能はどうかはわからないけど、とりあえず形になる」

創造の使い方は説明が無理と少し前に言ったララは、そのものずばりな方法を示すのではなく、扱いやすいように助言を送る。これは先代始源の神が言っていたことだったのだ。

「こんな感じかな」

ヘイタは思いつきをその場で形にする。現れたのはベッドだ。神にとって疲労回復は時間経過によって行うものだが、人間としての考えも持つヘイタにとって疲労回復は寝て行うものという意識の現れだった。

「どういった効能かわかるかい」

「ええと……使い方はベッドと同じで、一時間いやもっと短いかな。それくらい横になっているとどれほどの疲労であっても回復する感じでしょうか」

神用に調整されているが、人間が使った場合でも一日の睡眠量が三時間ですむ。肉体的な疲労も精神的な疲労も、その三時間で完全回復だ。

「一時間の休憩か、それを考慮してローテーションを組むようにすれば疲労に関しては心配が減るだろうか。これをファグオニカのところに持って行ってほしい」

ヘイタは頷《うなず》き、現場から高度を下げる。神々の島のはるか上空が治療の場として開放されているのだ。軽傷者はここで治療し、もう動けそうにないという重傷者は神々の島に運ぶ手はずになっている。

薬の材料を運んでいる年若く見える神に声をかけ、ララが近くにいることにギョッとされながらも、ファグオニカの居場所を聞くと島に戻っているとわかる。

礼を言って島に戻ると、指示を終えて上空に戻ろうとしていたファグオニカに会える。

ヘイタは用件を告げながら、実物を見せた。

「ララ様が疲労に関して指摘し、君がそれを創ったか。わかった、設置しよう。一応薬は準備しておいたが、効能はそれほど期待できないのだ」

「そうなんですか？」

「一度目は想定通りの効能を発揮するだろうが、二度三度と使っていくたびに大きく想定値を減らす。対してこれは何度使っても変わらないのだろう？」

「はい。そんな感じですね」

「緊急時は薬で、余裕があるうちはベッドでという使い方でいいと思う。どれくらいの数を用意できそうだ？」

「いくらでも」

「では五十個をここに出してくれ、指示を出して運ばせる」

ヘイタが腕を振るとズラリと寸分違《たが》わぬベッドが並ぶ。一応求めたものかの確認をして、ファグオニカに視線を戻す。

「ほかになにかやることはありますか」

「消耗しているのではないか？　これ以上は動かず休息した方がいいと思うが」

「消耗はたしかにしていますが、全体の一割もしていません。創造を使うことに関してはまだ余裕がありますね」

「聞いたようにかなり効率がいいのだな。それならば二種類ほど数に不安のある材料がある。それぞれ百ほど追加してもらいたいのだが」

これだと言いながらどこからか飛んできた透き通った翠玉《すいぎょく》と真っ白な木の枝を見せる。

ヘイタはその二つを貸してもらい、観察して返す。まずは箱を作って、それに翠玉と枝を入れる。

「確認をお願いします」

頷《うなず》いたファグオニカは箱の中からそれぞれを取り出して、サンプルに渡したものと同じものだと確認できた。

「ありがとう。ここは大丈夫だ。上に戻って休んでてくれ」

指示を出し終えたら自分も行くと言ってファグオニカはヘイタから離れていく。

「とりあえず思いつくことはやったし、あとはなにか頼まれたら対応する感じかな。上に戻ろう、ララ」

上に戻るついでに自分とララに始源強化を使い、速さなどの確認をする。

宇宙に戻ると戦闘班は確認を終えており、それぞれ体を休めていた。そんな彼らから目を離して堕神《おちかみ》を見張っていたカルテラジが近づいてくる。

「戻ってきたわね。どういったことをしてきたか教えてもらえるかしら」

「結界と疲労回復に関してやってきました」

詳しく聞いたカルテラジはふんふんと頷く。どちらも助かるものだった。戦闘していると必ず取りこぼす敵はいる。それらを阻《はば》む結界の強化は助かる。戦い続ければ疲れ果てるのも当然だ。

「疲労回復に関して考慮して動かないとね」

「それはネージャス様も言ってました」

「だったら交代のタイミングはあっちに任せようかしら。少し話してくる」

そう言うとカルテラジはネージャスのところへと飛んでいった。

残ったヘイタは堕神《おちかみ》をよく見てみようと、遠視の術を作って発動させる。ぐんぐんと視線が進み、遠くに見えていた堕神の全容をはっきりと捉える。

「でかいな」

全長はおよそ二十メートル。見た目は帆のない造形の粗い船の船首に人型の上半身がくっついているような感じだった。すべて岩石でできているようで、色はうっすらと緑の混ざった灰色だ。

先端の人型はもとになった女神のものなのか浮かべた歓喜の表情は美しさがあるものの、発せられている仄暗《ほのぐら》い朱色の光が不気味さを感じさせ近寄りがたくさせている。

堕神の周囲には似たような岩石の化け物が付き従う。地球で見た角《つの》と尾と羽を持つ裸身の悪魔のような造形のほかに動物型のものもいた。その数は多い。堕神の背後にも見えていて千を軽く超す数がいた。

神の数はどう見ても千を超すことはなく、戦闘班となるとさらに数を減らす。

「これは大変だ」

「うん。でもやらないと駄目だから」

堕神を見ていたと察したララが言う。放置などできないし、先代始源の神が愛し守ったこの世界を壊されるわけにはいかないのだ。なにより負けるということは、せっかくそばにいられるようになった新たな父との時間がなくなるということだ。まだまだそばにいて甘えたい。そのためにも堕神撃退は必須なのだ。

静かに闘志を燃やすララに、カルテラジが近寄ってくる。

「ララ様。そろそろ接触開始しても良い頃合いだと思われますが」

「そうね」

ずっとくっついていたヘイタから離れて、自身の胸に手で触れる。するとどこからともなく青い防具が出現した。胴には金属に見える鎧《よろい》、腰回りにも同じく金属に見える防具、腕には青い長手袋、そして頭部には青い宝石のあしらわれた銀色のティアラ。

ドレスアーマーといった戦衣装に身を包んだララから、蒼穹《そうきゅう》の光が発せられる。

その光に皆が気づき、注目が集まる。

「いよいよ戦いが始まる」

この場にいる者のみならず、島にいる神にも声と蒼穹の光は届く。

「準備は整えた。されど楽な戦いではないだろう。おのおの守りたいものがあるはず。それを背にしていることを忘れず、困難に打ち勝て。勇気、愛、希望、どれでもいい。己を奮い立たせるものを胸に力を振るえ、未来を勝ち取れ。我らの負けは世界の滅び、そのようなこと認めてなるものか！　我らは世界を守護する者だ！　勝利を我らの手にするぞ！」

ララがそう言って拳《こぶし》を突き上げると、神々から歓声が上がる。

ララはヘイタに顔を向ける。

「いってきます」

「ああ、いっといで」

こくんと頷《うなず》いたララは一直線に堕神《おちかみ》へと飛んでいく。その青い光跡を追って、戦闘班も飛び出していく。

ヘイタもその後ろについていき、先頭を行くララの突き出された掌《てのひら》から放出された青光が堕神へとまっすぐに向かうのを見る。

対抗して堕神も口を開いて、朱光《しゅこう》を放出する。

青と朱の光がぶつかり合って、無音の衝撃が周辺に広がった。これが撃退戦開始の合図となった。

堕神の配下が堕神よりも前に出て、その隙間《すきま》を堕神が放つ朱光弾が飛ぶ。その中にララは突っ込んでいき、配下も朱光弾も薙《な》ぎ払って堕神に迫る。

堕神は両手から朱光でできた鞭《むち》を出して、迫るララに振るう。ララも両手に青光をまとわせて鞭を払う。

二つの鞭を振り切って隙をついたララが、三メートルを超す人型を殴りつける。お返しだと鞭を消した拳で堕神もララを殴って、遠くへ弾き飛ばす。

互いにダメージは見えず、再び激突する。

ララの後を追っていたカルテラジたちも戦闘に突入していた。配下を倒し、朱光弾を撃ち落とす。彼女たちにできることをやっていく。

そんな様子をヘイタは邪魔にならない後方から見ている。ただ見ているだけではなく、撃ち落とされなかった朱光弾に白い光弾を飛ばして落としながら戦況を見ていた。誰か大《おお》怪我《けが》したらすぐに引き寄せて運送役の神に渡そうと思っていた。

戦場はララと堕神が一番派手な光を弾けさせていて、その邪魔にならないようカルテラジたちが戦っている。堕神の配下には邪魔をしないという考えはないのか、たまにララと堕神の戦闘域に入って巻き添えでその身を砕かれていた。

一時間二時間と変わらぬ光景が続き、それでも少しずつ神側にも撃破される光景が見え始めた。そういった神は近くにいた仲間によって背後へと投げ飛ばされたり、ヘイタが引き寄せて、運送役の神に運ばれていく。前線の数が減ると、かわりに結界維持をしていた神が動き前線に出ていく。そして治療された神が結界の維持に入る。

そういった動きが繰り返し行われて時間が流れて三日が過ぎた。


「……」

ヘイタは今、表情を消して人形のように微動だにせずその場に静止している。

「……」

そのヘイタの前方に戦闘班が撃ち落とせなかった朱光弾《しゅこうだん》が三つ迫る。それに対するように白光弾がヘイタの周囲に生まれ飛んでいき、ぶつかり消えた。

一連の出来事の間もヘイタは一切動かずにいた。

同じ光景が何度か繰り返され、やがてヘイタの目に光が宿る。

「んーっくぁあ、ふー」

ぐうっとのびをして寝ていたかのような挙動を見せる。かのようなというよりはそのものずばり休んでいた。

存在としては神なのだが、能力昇華のためには人間としての性質も残す必要があり、周囲にいる神よりも休息を必要としているのだ。かといって消耗が激しいから休息を必要としているのではなく、人間の生活スタイルとして一定の睡眠などが必要なのだ。

それを可能とするため自動対応の能力を作り、朱光弾の撃ち落としと怪我《けが》をした神の引き寄せを意識を休ませながら行っていた。

「状況はどうなったかな」

振り返ると結界はまだ三枚存在していた。戦場はというと相変わらずララと堕神《おちかみ》の戦いが一番派手で、ヘイタが見ているかぎり両者とも休息した様子はない。大神や小神たちも奮闘している。だが堕神の配下の数が減った様子はない。こちらのように治療されている様子はなく、倒されたら打ち捨てられている。

「どれだけの手下を連れてきたんだか」

遠視で見ると、堕神の背後にはまだまだ配下が存在している。幸い質としては神の方が上のようで拮抗《きっこう》できている。されど動ける神の数が減っていくと押されるということでもある。

「んー今のうちに到着していない手下の数を減らした方がいいんだろうか？」

勝手に考えて行動してしまえば、神々の邪魔をすることになるやもしれず悩む。

自身の内からネージャスに相談してみようと声がかけられ、そのように動く。

結界で指揮を執っていたネージャスは接近してくるヘイタに気づく。

「なにか問題でもあったかい」

「いえ、少し相談が」

はるか後方に見える配下への対処について尋ねる。

「ふむ。数を減らすのは戦闘班にとって助けになると思う。しかし戦っている者たちの邪魔になるようなら控えた方がいいとも思う。どのように攻撃するつもりだった？」

ありなしで言えばネージャスもありとは思う。配下の進攻が途切れるなら一息入れることも可能なのだから。

「射線に入らないような位置に移動して、そこから砲撃って感じです。戦場の上を通って後方着弾までに若干時間がかかると思うので、避けられる可能性もあると思います」

「それだと……頭上を通る攻撃に驚き隙《すき》をさらす神がいるかもしれない。やるなら通告してからがいいと思う。交代で戦場に向かう神に連絡役を頼もう」

ネージャスは近くの神に声をかけて、戦場に行く神に伝言を頼む。

「二時間後くらいには情報が行き渡るだろう。そのあとにやってくれ」

「わかりました」

時間がくるまで、これまでと同じことをやりながら、効率が良く命中率も高そうな砲撃を作り上げるつもりで戦場近くに戻る。

ちょこちょこと作業している間に二時間経過する。

振り返りネージャスへと手を振ると、それに気づいたのか頷《うなず》きが返ってくる。

「じゃあやりますか」

戦場が俯瞰《ふかん》できる位置まで高速で移動し、そこで作り上げた砲撃用の能力を使う。

手を銃を撃つ形に変えて、人差し指の先に擬似魔導核を創り出す。その擬似魔導核に周辺に漂う力と同質のものを創造して注ぎ込んでいく。人間ならば許容できる限度を超してもガンガン力を注ぐ。力を創造してほしいというララの話を聞いていたから思いついた攻撃だった。

これくらいで限界ギリギリだろうと思えるところまで注いだら、後方に見える配下へと狙いをつける。

「準備よーし、狙いよーし」

能力制御問題なし、と内から聞こえてきた声に従い、発射カウントに入る。

「三、二、一、ショット！」

魔導核を発射した瞬間、ヘイタの視界は真っ白に染まった。数秒その状態が続いて、ようやく元の視界に戻る。

神々は流星のような軌跡を描いた砲撃がはるか遠方へと飛んでいくのを見た。そして白い爆発が遠くに見える。

ヘイタの視界が結果を捉える。

「おー、ごっそりいけた。って危な⁉」

堕神《おちかみ》からお返しとばかりに飛んできた砲撃を避けて、もともとの位置に戻る。

「もう一度やろうとしたら砲撃が飛んできそうだ。やるなら上手くやらないとだな」

上手くいき、そんなことを考えるヘイタ。その一方で配下の多くを潰《つぶ》された堕神の考えに変化が起こる。

戦いが開始して一日経過した頃から思っていたが、今回は戦況が劣勢だ。開始は前回と似たようなものだったが、下がった神が戦場に戻ってくるテンポが速く、常に一定数の神が戦場にいて数を減らしていない。これまでの教訓を生かしたのかと思ったが、先ほどの一撃で違うのだと察する。

あれは昔に感じた力。今目の前で戦う存在が現れるよりも前にいた存在と同等のもの。あれが再び戦場に出てきたのか、それとも新たに現れたのか、それはわからないが放置していては駄目だと考えた。

そして今回の勝利も諦める。次回の勝利のため動くことに決めた。そのためには今の配下の使い方を『変える』。初めてやることだができるだろうという確信もある。

《アアアアアアーーーッ》

ララとの戦いを一時中断し、堕神《おちかみ》は初めて声を上げる。思わずララは手を止めて、堕神の挙動を観察する。

堕神となって久しく出した声が広域に発せられ、止まると堕神の巨大な下半身に穴が開く。内部は赤黒く、そこに次々と配下が入っていく。配下は嬉々《きき》として入っていく様子ではなく、逃げようともがいているが引っ張られるように吸い込まれていった。

なにをしようとしているかはわからないがこちらに好転するようなことではないと考えたララは、その穴に攻撃をしかけようと動く。しかし堕神からの激しい攻撃で接近も遠距離からの攻撃もできなかった。ならばと上半身に標的を変えたララの攻撃は当たっていき、ついに砕くことに成功する。

それは開いていた穴が閉じるのと同時だった。

「やったの？」

怪我人《けがにん》を後方へと下げながら様子を窺《うかが》っていたカルテラジが言う。それにともなって神々から歓声が上がりかけた。だが「まだ」というララの短い声で止まる。

ドクンと音が聞こえ、緩い衝撃が神々に当たる。その音は連続して聞こえてきて、衝撃も同じように発せられる。

発生源は皆の注目を集めている堕神だ。

鼓動のようなそれが繰り返され、これ以上なにかが起こる前に壊してしまおうとララが殴りかかる。なにかに遮られることなくララの拳《こぶし》は堕神に命中し、青い光が堕神全体にひびを生み出しながら広がっていった。

ひびが全体に広がると、その隙間《すきま》から濃い血の色をした光が漏《も》れ出て、堕神全体がいっきに爆《は》ぜる。

多くの神が粉々になり死んだと思ったが、ララは強い気配を感じて警戒を解かずにいる。

「なんだこのおぞましい気配はっ」

血の色をした土煙《つちけむり》の向こうから感じられたものにカルテラジが顔を顰《しか》め、ほかの多くの神と同じく睨《にら》みつける。煙が周囲に散り、その奥から二十メートルに届かない人型が姿を見せた。見た目は深紅の女神像といえる。微笑《ほほえ》みを浮かべているが、神々はそれが嘲笑に見えて仕方なかった。

皆の注目の中、女神像が腕を振る。腕の先から生じた朱色の鞭《むち》が軌道上の神々を薙《な》ぎ払いながら、結界にぶつかる。

その一撃で一枚目の結界が砕ける。その射程もそうだが、なにより威力に皆は驚愕《きょうがく》する。

優勢へと事を運ぼうとしてヘイタのやったことが、破壊の権化を生み出したのだ。

女神像がさらにもう一度振ろうとして、ララが焦《あせ》ったように声を張り上げる。

「皆、退《ど》きなさいっ」

自身は鞭の軌道上に陣取り、青光を強く輝かせる。

ララの身長と同じ太さの朱光《しゅこう》の鞭が輝くララにぶつかる。少し拮抗《きっこう》していたが、鞭が押し切ってララごと結界にぶつかった。

その光景に神々から声なき悲鳴が上がる。ララというトップがどうすることもできずにやられた光景はショックを与えるに十分なものだった。

ララは結界を素通りして、鞭は結界にぶつかり壊すことはなかったが大きく揺らがせる。そこに追撃で二度三度と鞭が振るわれ結界がきしみ、そしてさらに数度の衝撃を受けて砕けた。

結界が砕けるまで神々は傍観していたわけではない。堕神《おちかみ》を止めようと戦闘班は攻撃をしかけ、結界班は二枚目の補強も行ったが、そのどれもが無意味だった。戦闘班の攻撃はまったく意味をなさないとばかりに放置され、結界の補強も間に合わなかった。

「……蹂躙《じゅうりん》される？」

見ているだけだったヘイタが呟《つぶや》く。いまや数は圧倒的にこちらが上、しかし質は向こうの方が圧倒していた。このまま堕神が思う存分暴れて世界を壊す様が脳裏によぎる。

破壊に巻き込まれて多くの生物が死んでいくだろう。その中にミレア、ロナ、パーシェたちもいる。苦しみ悲しむ彼女たちの顔を思い浮かべて、ロアルも堕神が暴れることはきっと望まないはずだと思う。なんとしてでもここで止めなければと考えを巡らせる。

平太が考えている間も、神々は堕神との戦いを繰り広げていく。堕神にとどめを刺せないとはわかっていても、諦める理由にはならないのだ。

「……やれるか？」

やがて平太はぽつりと呟いた。思いついたことはある。しかしそれが有効かはわからない。

こうしている間にも堕神は最後の結界に攻撃をしかけている。悠長に迷っている暇すらない。

「やってみるしかない」

今のヘイタにできることはそれなのだ。悩まず動くことを優先して、まずやったことは鞭《むち》に薙《な》ぎ払われた神々の怪我《けが》を治すこと。即興の治癒術を創り、完全回復は無理でも動くことはできるようにしていく。

「礼を言う」

「礼はいいです。これから無茶なことを頼みます。頷《うなず》いてください」

「なんだ？」

気乗りしないが、されど、そうするしかないと覚悟したヘイタに名も知らぬ小神が聞き返す。

「あれの動きを止めて、高威力の攻撃をしかけます。そのためにはあなたたち神の力が必要です。寿命と神としての力をエネルギーに換えて、あれを拘束し攻撃します。頷けないことだとは重々承知しています。ですが俺に思いつくのはこれしかなく」

「わかった。それでいこう」

心苦しそうに頼むヘイタに、頼まれた神は即答する。それはほかの神も同じだった。

驚きの表情でヘイタは神々を見る。そのヘイタに彼らは微笑《ほほえ》む。

「我らはもともとこの戦場で命散らすことを覚悟していた。この命を無駄に散らさず、有効に使えるならありがたいくらいだ」

「……ありがとうございます。必ず無駄にはしませんっ」

「うむ。それで我らはなにをすればいい？」

ヘイタは考えたことを説明していく。

伝言を頼まれた神がネージャスたちのところへ飛ぶ。策を伝えてもらい、ララの治療を急ぐように頼んだのだ。

「次はこれを通り抜けてください。あとはどうやればいいのかわかるはずです」

ヘイタは二メートルほどの魔法陣を生み出し、神々がそれを通り抜ける。

なにをどうすればいいのか理解できた神々が堕神《おちかみ》へと向かっていく。彼らは堕神の四方八方に陣取り、胴から光の鎖を生み出し堕神にからみつけていった。一本の鎖だけでは拘束など無理だろう。しかし十五本の鎖で四肢を縛られて、堕神は動きを止める。

代償は大きかった。拘束している神々は自身の大事ななにかが削れていくのを感じて、代償を実感している。それでも鎖を解除する気はなかった。稼いだ時間が勝利へと繋《つな》がる。それを信じていた。

「ヘイタ！　あれはなに⁉」

カルテラジたち戦闘班は攻撃を止めて説明を求めてくる。

ヘイタはそちらに顔を向けず攻撃用の術を創造しながら、簡潔に説明していく。

「申し訳ありませんが、怒りも罵《ののし》りもあとで聞きます。彼らが稼いでくれた時間を無駄にできません」

「……鎖を生み出す魔法陣はそれよね？」

怒りや軽蔑を見せずカルテラジは問う。ほかの戦闘班も魔法陣に注目していた。

「あなた方も行くんですか」

戦闘班全員が迷わず頷《うなず》いた。

「ええ、拘束する数は多い方がいいでしょ。その方が各自にかかる負担は小さくなると思うし」

「そう、ですか。魔法陣はそれで合ってます。でもカルテラジ様だけは待ってください」

「なぜ？　大神だからと地位を理由に止めたりしないでしょうね」

もしそうならと怒りをにじませた視線を向けた。小神たちが命を懸けているのに、小神をまとめる大神たる自分が安穏としていられるわけがなかった。

ヘイタもそんな理由で止めはしない。

「違います。あなたは攻撃用のエネルギーを提供してもらいたい。拘束も大事ですが、本番は攻撃です」

「それなら私はそっちに回るわ」

納得し、睨《にら》むのを止める。

戦闘班が次々と魔法陣を通り抜けるのをヘイタのそばでカルテラジは見送る。やがて堕《お》神《かみ》を拘束する鎖の数が増えて、もがいていた堕神の動きが完全に止まる。

同時に攻撃用の術が完成する。

「できたっ。次はララのところへ」

「私が引っ張るわ」

その方が早いとヘイタの手をとってカルテラジは治療を受けているララのもとへ飛ぶ。

ララは鞭《むち》の一撃で気を失っていたが、治療で意識を取り戻していた。

「父上、策は聞きました。いつでもやれます」

ララと神々はヘイタを責めることなく、いつでも実行可能だと意思のこもった視線を向けてくる。

ヘイタは自分のとった手段が非道外道と呼ばれるものだと思っていた。自分の大切な人たちを守るため、そのほかの者たちの命を代償にしているのだから。通常ならば神々も外道だと思うだろう。しかしあの堕神を目にして普通の判断はできなかった。誰もがあれは放置しては駄目なものだと理解していた。命を懸けるくらいのことをしなければ止められないことも理解していた。

「……ほんとにあなたたちは」

眩《まぶ》しそうに見るヘイタに、ネージャスが話しかける。

「負い目を感じているのだろうが、その必要はない。あれを止める手段を準備できたことを褒めこそすれ、罵《ののし》ることなどしない。あれに我らができることがとても少ないことは、自分たちがよくわかっている。そんな我らにできることを用意してくれたことが嬉《うれ》しいくらいだ」

「嬉しいと言われるとこっちとしては心が痛みますけどね……術を使います。ララは魔法陣の中央に」

「うん」

「神様たちは陣に触れてください。それで力が吸い取られます。神力《しんりき》収束陣、展開！」

直径十メートルの魔法陣が縦に出現する。か弱い光の陣で、その中央にララが移動し、両手を広げる。すぐに神々が触れていく。神々が触れるたびに魔法陣は輝きを増していく。

ヘイタはララの背後に回り、声をかける。

「神力が十分に溜《た》まったら、それをララが制御して堕神《おちかみ》へと放出して。陣はそこまで補佐できないから、ララの制御に頼るしかない」

「任せて。皆の力を絶対に無駄にしないから」

「うん、お願い」

二人が話している間にも神々は限界まで力を魔法陣に送り込む。こちらは寿命尽きるまで送り込めるようなものでもなく、ただ大きく疲労するだけのものだ。

ヘイタはララから離れて堕神の下方へ向かう。飛びながら大人数回収用の術を創る。このままでは鎖を使っている神々は神力収束砲に巻き込まれることを覚悟でその場に留《とど》まると簡単に想像できた。

「命尽きるまでってのはさすがにね」

彼らの寿命はすでに大きく削れているだろう、それはもうどうにもならない。だから最後は堕神なんて敵と一緒にではなく、自身がいたいと思える場所で迎えてほしいのだ。

神力収束砲に巻き込まれない位置でヘイタは、見えない紐《ひも》を拘束している神々に伸ばし括《くく》り付けていく。

全員に紐が括られたことを確認し、神力収束陣に顔を向ける。あちらの準備が整ったら、いっきに引き寄せる。そのタイミングを待つ。

やがて地上にいた神々も魔法陣に力を注ぎ終えて、陣の輝きが太陽かと思えるほどに増す。

ララが広げていた両手を閉じて胸の前に持っていく。それに合わせて魔法陣も縮小していき、輝きの色が変わる。

「完成」

ララの両手の中には、背にした世界と同色の輝きがあった。

「世界……合力……縮光砲っ」

名前とともにララが両手を突き出し、蒼光《そうこう》の奔流《ほんりゅう》が堕神へと突き進む。同時にヘイタは紐《ひも》を引く。鎖がいっきに消えて、ぐったりとした神々が堕神《おちかみ》の下方へとかなりの速度で移動していく。

自由になった堕神はそれを気にしない。できなかった。目の前に迫る力が脅威だった。全身全霊をもって対処すべきと、口から光を放つ。血の色をした光が迫る脅威へと突き進む。

奇《く》しくも戦いの始まりと同じような光景となる。違いは互いに相殺せずに拮抗《きっこう》していること。

堕神が全身から絞り出すように光を叩《たた》きつける。

ララも歯を食いしばり光を押し出す。

徐々に拮抗が崩れる。食らった配下の命を食いつぶす堕神の光が押しているのだ。

苦しげなララも耐えようとするが、じりじりと下がる。そこにヘイタの声が届いた。

『がんばれ！　俺にはもう声援を送ることしかできないけど、少しでも足しになるなら声を送り続ける！　がんばれっ負けるなっララ！』

押されているララを見てなにかできないかとヘイタが無意識に創り出した、ただ声を届けるだけの術がララの心に声援を届けた。

ララは苦しそうではあるが、口元に笑みが浮かぶ。自分のためだけに創られたもので、自分のことを想って、何一つ偽りのない声を届けてくれた。

慕う親の声援を受けて、がんばれない子供がいるだろうか？

「いないはずが、ないっ！　ああああああっ！」

《アアアアアアーーーッ》

声援を受けてララは堕神と同じく全身全霊で、命も削り、光を叩きつけた。

光の奔流《ほんりゅう》が堕神を飲み込む。

その光が止《や》み、今にも気を失いそうなララは結末を見届けようと気を張って堕神を見る。

全員が見た。堕神の全身にひびが入っており、四肢は砕けて頭部と上半身のみが残っている様を。

そして見た。堕神の目の輝きが強くなったのを。まるで最後の輝きだとばかりに朱光《しゅこう》が増す。四肢から胴へと崩壊が続き、残るは頭部のみとなって開かれた口の奥に朱光が灯《とも》る。

「最後の置き土産っ」

必死な心持ちのララが防ごうとしたが、疲労で指一本動かせなかった。周囲にいる神々も似たようなものだ。

今にも目を閉じてしまいそうなララが見たのは、ヘイタが最後の攻撃を防ぐべくララたちの近くと自身に結界を張り、ヘイタは堕神へと向かって飛びながら白く輝くブレスレットを堕神《おちかみ》の口へと投げ入れようとしているところだった。

「ララと神々のがんばりのおかげでこの状況までもってくることができた。俺も任せられた役目を果たすよ。親と慕ってくる子ががんばったんだ。俺もしくじるわけにはいかない。それにこれできっと終わりだ！　なあ堕神、お前もここで寂しさを終わらせたいよな！　だからロアルの、別のお前の思いを受け取れ！　お前にとっても必要なものだ！」

放たれた朱光《しゅこう》の中を一筋の白光が突き進む。やがて朱と白は混ざり合い、皆の視界をその二色で染め上げる。そこでララの意識は途切れた。

神々だけではなく、地上の人々も見た。そのとき世界が光に染まるのを。その光は最初こそ刺すような痛みを感じさせたが、すぐに柔らかな春の日差しのような心地よさへと変化した。

両親と一緒に空を見ていたロアルは涙を流し、確信する。この世界の自分がようやく解き放たれたのだと。

これ以上苦しまずにすむと思うと自然に口から「おめでとう」と漏《も》れ出て、次に約束を果たしてくれた平太に「ありがとう」と小さくも温かな想いを芽生えさせて口にする。

静かに元の光景へと戻った空を見て、ロアルは平太との再会を待ち遠しく思えた。

◆

ララの意識が浮上する。

目を開けるとそこは見慣れた自身の部屋で、ヘイタが作ったベッドに寝ていた。ここで寝ているということは、堕神をどうにかできたのだとわかる。それ以外の情報を求めて、島にいるであろう誰かを呼ぶ。

すぐに扉が開いて、ファグオニカが入ってきた。

「お目覚めになられましたか。お加減いかがでしょう」

「……大丈夫。どこも異常はない」

最後の最後で命を削りはしたが、それでも寿命の十分の一程度。まだまだ長く生きる。

「それはようございました」

「私が気絶したあと、それからどうなった？　父上が攻撃を防いで堕神へと飛んでいったように思えたけど」

「はい、その通りでございます。動けない我らに創造の神ヘイタが結界を張り、自身にも結界を張りつつ堕神へと接近し、白く輝くなにかを投げつけました。堕神は最後の攻撃をしかける直前に、白い光を体内に取り込み、攻撃を暴発させたように見えました。暴発で起きた光と破片が最後に残った結界を突き破って地上に注がれました。それがどのような影響を及ぼすのかわかりません」

一応小神にそれらしきものがないか探すよう指示は出しているが、堕神《おちかみ》そのものの反応がないため見つけ出すのは困難だろうと話し合っている。

あとで未来から情報を取り寄せて確認しておこうと決めて、ララは続きを促す。

「その後は神々全員が疲労で動けず、回復した者たちから順にまだ動けない者たちを回収し、島へと連れ帰り治療。怪我《けが》が治り、疲労が抜けた者から順に帰っていきました」

「どれくらいの神が帰ってこられた？」

「全体の八割。想定していた人数を大きく超える帰還率です。今後、堕神との戦いがないことも合わせまして明るい情報だと思われます」

「それでも二割が帰ってこられなかったことにかわりない。帰魂《きこん》の儀式を行い、天上に残る魂を回収する」

「準備は進めております」

ここまで聞いてララは止まる。聞きたくはあるが、聞くのが怖いのだ。それでも聞かずにはいられず口を開く。

「……父上はどうしている？」

「……」

ファグオニカの躊躇《ためら》いの様子から悪い予感しかしない。

「……彼の能力は稀有《けう》なものを持っていました」

「そうね」

すぐに結論を聞けないことがもどかしく、悪い知らせであれば少しでも遅く聞けることがありがたい。そんな矛盾した感情がララの中に渦巻く。

「しかしながら力の総量としては小神並」

「違いない」

「そんな彼が頑丈な壁を創造できたとしても、強烈などと言葉では言い表せない力を防ぐのは非常に負担がかかることだったと思います」

「……」

「……今彼は眠ったままです」

「……生きてはいる？」

ファグオニカは頷《うなず》く。ファグオニカ自身の目で生存を確かめ、死亡の知らせも入ってきていないので、それは間違いない。

今眠ったままでも生存していることがわかり、ララは安堵《あんど》する。未来の自分から得ていた情報で、撃退戦後のヘイタの生存は知っていたが、それでも堕神という強力な存在との戦いでは未来が変わる可能性はあった。だから死亡もありえただけに安堵の度合いは大きかった。

「どういった状態なの」

「体に傷はありません。もとより怪我《けが》はかすり傷程度でした。ですが存在が希薄といいますか、そこにいるのにいない。そのような感じを受けます」

「見てみたい。どこにいる？」

「エラメーラ神殿です。心安らかに休める場所はあそこだろうと」

居場所を聞き、ララは立ち上がる。

「お待ちください」

「止めても行く」

ファグオニカも止められるとは思っていない。

「行くこと自体はお止めしません。ですが、そのまま行くのは混乱を引き起こすだけです。化身でお向かいください」

「……わかった」

納得し、いつも使っている椅子《いす》に座って目を閉じ、力の欠片《かけら》をエラメルトへと飛ばそうとして再度止められる。

「最後に報告することが一つ」

「なに？」

「戦闘後、漂う彼を回収したとき、そのそばに見慣れぬ長髪の幼女が眠っていました。見た目は六才ほど、気配は神のもので、その髪の色は堕神《おちかみ》の放っていた暗い朱色。そのような神はおらず、どこからどのように現れたのかわかりません」

「その神はどこに？」

「彼から離すことができず、一緒にエラメーラ神殿へと。できればあの神の確認もお願いします」

「わかった。報告はこれで全部よね？」

ファグオニカが頷《うなず》いて、ララはエラメルトへと欠片を飛ばす。

それを見届けてファグオニカは、作業に戻るため部屋を出ていった。

本来のララよりもいくらか幼い見た目のララが飛ぶ。甘えたい精神に見た目が引きずられた。少しでも早くヘイタに会うことのみを考えて、見た目の違いを気にしていない。

今は自分たちが守った美しい世界も目に入らない。ただただヘイタを見たかった。生存を自身の目で確かめたかった。

眼下《がんか》にエラメルトが見えて、ヘイタの反応がする場所へ一直線に向かう。

エラメーラ神殿の庭に着地したララはそこから、エラメーラの部屋に入る。

そこにはミレア、ロナ、パーシェ、ミナ、グラース、バイルド、常駐医者としてオーソン、世話役としてメイドがいた。

皆が心配そうな表情を浮かべていたが、突然やってきた見知らぬ誰かに警戒した雰囲気を出す。

「どちら様でしょうか」

誰何《すいか》するメイドの声を無視して、ララは寝ているヘイタに近づく。ヘイタの隣に朱髪の幼女が眠っている。

オーソンが医者として不用意に触れることを阻止《そし》しようとしたが、ララは動きを縛りその横を通り抜ける。

ララはヘイタの顔を覗《のぞ》き込み、安堵《あんど》と不安の混ざった表情を浮かべる。

「生きていてよかった父上」

その場にいるほぼ全員がミナのほかにさらに出現した子供に驚く。ララの存在は平太の口から出たことはない。隠していたのか、それとも引き取ったことを言う前に堕神《おちかみ》撃退戦に出かけたのか。

ただ一人その発言で皆が固まる中、動いた者がいた。

「わたしのパパだもん！」

「私の父上」

ミナが独占するように寝ているヘイタの腹に抱き着く。ララは対抗するように平太の腕を胸に抱きしめた。

両者とも譲らず、力を込めてヘイタを抱きしめ引き寄せる。ヘイタはされるがままに揺れている。

最高神とどこにでもいる幼児の意思のぶつけ合いという、前代未聞の出来事が起こる。この場にいる者にとっては子供同士の喧嘩《けんか》のようなものだが、事情を把握している大神にとってはその目で見ても信じがたい光景だろう。

「とりあえず二人とも落ち着いてっ。患者をそんなに動かすものではないから。というかなんで動けないかな⁉」

オーソンが言葉だけでも止めようと声をかける。それに、はっとした大人たちが動く。ロナがミナを止めて、メイドがララを止める。二人はそのままではヘイタに迷惑だと説得されて放す。

「あなたはどういった子なのですか？」

ミレアが聞く。

「私はララ。始源の神と呼ばれている」

しんっと部屋の中が静かになる。誰もが聞き間違いかと互いを見る。ミナは平太をとられまいとララを見ていたが。

「始源の神、ですか。たしかにヘイタさんは始源の神が親神となられていた時期はありましたが。神を子としたとは聞いていないのですが。それにどう見ても」

とても綺麗ではあるが、ただの子供だと思う。先ほどのミナとのやり取りを見たのだからなおさらだ。

だがその考えもララが神としての気配をわずかに出したことで訂正された。

「その気配は！」

ブレスレットから感じられたものと同質のものだとミレアたちは目を見張る。

パーシェが祈るように両手を組みながらララを見る。

「あなたが始源の神なのは理解できました。どうしてあなたがヘイタ様を父と呼ぶのかわかりません。ですが今は理由を問うよりも聞きたいことがあります。あなたならばヘイタ様を目覚めさせることは可能でしょうか」

「わからない。まだ調べてない」

正直無事の確認とミナとのやり取りで、そこらへんが抜け落ちていた。

ララは、再度ヘイタに近づいてその額に指を当てる。状態を調べるために少しばかりの力を注ぐ。するとヘイタの体内を巡るはずの力が消えてなくなった。もしかしてと思いつつ、もう少し注ぐ。

「勘違いじゃなかった」

そう呟《つぶや》いたララに、なにがだろうという視線が集まる。それらを気にせず、ララは慎重に力を注ぐ。

注がれた力がどんどん吸収されていき、一分後になにかがひび割れる音がヘイタから聞こえていた。

まるで卵が孵化《ふか》するかのような音に、皆の注目が集まる。

そして薄かったヘイタの存在感が増し、はっきりとそこにいるのだとわかる。

「父上」

ララが軽く揺すって声をかける。

それに反応するようにヘイタが目を開く。ミナとララがすぐに抱き着いて、ミレアたちは目に涙を浮かべる。

「よかった。成功したのか」

無事目を覚ますことができたとヘイタ自身も安堵《あんど》したように身を起こす。

すぐに誰かが抱き着いているのに気づき、それがミナとララだとわかり、心配させたのだろうとそのままにする。

メイドも喜びの様子を見せながら、回復を知らせるため部屋を出ていく。

ララはヘイタの体温を感じ甘えながら、顔を上げる。

「父上、どうして眠ったままに？」

「あー、力の前借りをしたからかな、簡単に言えば」

堕神《おちかみ》の最後の攻撃を間近で受けたあのとき、防御は成功して怪我《けが》はなかったが、防御し続けることで力がいっきに削られた。ファグオニカの言ったように小神でしかないヘイタでは力が足りなかった。堕神《おちかみ》が最後に放とうとした力は小神が防ぐにはとても重く、万全のララでなければ防ぎきることはできなかった。

だからといって防御を止めると大怪我《おおけが》ではすまない。だから足りてない力をよそから持ってくることにした。しかしあの場あの時に集めると、消耗しているララたちの力を奪うことになりかねなかったため、どこかからもらうことにした。それが未来の自分からだった。

この場をしのげても、消耗した無防備な姿をさらすこともわかっていた。万が一堕神の残滓《ざんし》に襲われでもしたらひとたまりもなく、自身を隠すことにしたのだ。疲れきっての能力行使だったので、中途半端なものになって存在が薄れ、眠り続けるという結果になっていた。

目を覚ましたのは借りていた力と同量の力が注がれたからで、それがなければ自然回復で必要量に達する半年近く眠り続けただろう。

ついでにララと同じく命も削っていたが、これは合体して力が少し増して寿命も延びた分が削れただけで、大きな問題にはならない。平太が二年、エラメーラが十五年ほど削れた感じだ。その程度ですんで平太とエラメーラはほっとしている。

説明を終える頃に、回復を聞きつけたリンガイが入ってくる。

「目が覚めたと聞いた！」

起きているヘイタを見て、喜びの表情からリンガイは少し困った様子になる。今のヘイタを平太とエラメーラどちらで呼べばいいのかわからなかったのだ。

それを察したヘイタは抱き着いている二人を一度離して合体を解く。

ベッドに並んで座る平太とエラメーラが現れる。

ミナはすぐに平太に抱き着いた。ララは少し迷い、平太とエラメーラの間に座って両者の腕を抱く。ヘイタを父と慕っていたのだから、二人が親だという認識だった。それにエラメーラはとても恐縮そうだったが、平太に仕方ないさと笑みを向けられて、似たような笑みを浮かべて頷《うなず》く。

熟年夫婦もかくやという雰囲気を醸し出す平太とエラメーラにパーシェたちやリンガイたちは驚きの視線を向ける。

「あの、ヘイタ様とエラメーラ様？　二人の雰囲気がその」

パーシェが聞いていいものなのかと恐る恐る聞く。

「言いたいことはわかるわ。合体して互いのなにもかもさらけだしていたから」

「言葉で語るよりも長い時間かけて一緒にいるよりも互いのことを理解してた状態だったよ。夫婦でもここまではってくらい」

平太とエラメーラは互いを見て微笑《ほほえ》む。

入り込む隙間《すきま》のないような雰囲気で、パーシェたちは今後自分たちは平太とやっていけるのだろうかと不安がよぎる。

「心配しなくていいの。私はあなたたちから平太を取り上げるつもりはない。形だけのつもりで、そのつもりはなかったのだけど横恋慕《よこれんぼ》したようなものだしね」

「俺もエラメーラも仕事とかそういった感じで合体したんだよ。あそこまで溶け合うとは思ってもなかった。んでこれだけさらして、共にあるのが嫌じゃない。個として足りない部分が補完されて満ち足りる。これはもう仕方ないねって末永くお願いしますと互いに夫婦になることを認めたんだ」

「平太のあなたたちへの想いもわかってる。合体していたときも大事に想っていることが感じられた。平太はあなたたちを必要としている。断言できる」

いまや一番の平太の理解者となったエラメーラからの保証に、パーシェたちはほっとするやらジェラシーを感じるやらで複雑だった。

その表情から彼女たちの感情を察してエラメーラは少し申し訳なさそうになる。だが平太から離れようとは思わなかった。今後パーシェたちとも一緒に過ごすのだからフォローしていこうと考える。

「エラメーラ様は幸せなのですね？」

リンガイの確認にエラメーラは笑みを浮かべて頷《うなず》く。

「幸せよ。一番大きな問題は終わった。まだ問題は残ってるかもしれないけど、それでもあれを乗り越えたのだからほかのものを乗り越えられないはずがない。平太がいて、ララがいて、あなたたちがいる。一緒に未来へと歩を進める人たちに囲まれて幸せじゃないはずがないわ」

言いながらエラメーラは平太に手を伸ばして、握り返されたことにニコリと幸せそうに笑む。

「エラメーラ様が幸せなら、私は祝うのみです」

「ありがとう」

神と人間の結婚をリンガイは聞いたことがなかったが、あのような笑みを見せられては異論など言えなかった。

エラメーラと平太に挟まれた少女といまだ寝ている幼女が何者かという疑問は残るが、この場は祝福のみを考え、結婚祝いのパーティーをどうするかといった思考に移っていく。

「聞きたいことは聞けて、最後の質問になるのですが。お二人と一緒に寝ていた女の子は誰なのでしょう？」

ミレアが聞く。全員が気になったことであり、注目が集まる。

それに平太とエラメーラは不思議そうな顔をして、ララに後ろと示されて振り返り、ここで幼女に初めて気づいた。

「え、誰？」

平太はエラメーラに誰か知っているかと目で問いかけ、エラメーラは首を横に振る。

「父上たちもわからないの？　堕神《おちかみ》が消えて、気絶した父上と一緒にいたとファグオニカから聞いているよ。こうして隣で寝ていたのは離せなかったからだって」

「あのときは俺たちも防御に必死で、この子がどこから現れたのかわからない」

「……調べてみる」

ララは二人の間に挟まったままベッドの上を移動して、眠っている幼女の額に指を当てる。そして驚いた顔となった。

幼女から感じられる力が二種類あった。堕神の力から禍々《まがまが》しさを抜いたものとララの力だ。もう少し詳しく調べるとララの力そのものではなく、人と長らく過ごして少しだけ変質したものだとわかる。その自身の力にララは心当たりがあった。ブレスレットに込めていた力だ。

そう考えて一つの予測ができた。

「この子はロアルの想いのおかげで、堕神という束縛から抜け出た神の力とブレスレットに込めていた私の力が混ざり合って誕生した新たな神、だと思う。最後にブレスレットを投げたでしょ？」

ララの確認に平太とエラメーラは頷《うなず》いた。

「ロアルのおかげで堕神の魂は浄化されたけど、わずかに未練が残った。自分もまた素晴らしい日々を送りたいと。その思いがこうして形になったんだと思う」

なんとなく納得できたのは平太とエラメーラだ。

ミレアたちはロアルの事情がわからないので、不思議そうにしている。

平太とエラメーラが説明している間に、ララは幼女を揺すって起こす。眠り続けたことが嘘《うそ》のようにすぐに目を覚ました幼女は、誰かを探すようにキョロキョロと周囲を見て、平太の背に嬉《うれ》しそうに抱き着いた。その様子は先ほどララとミナが満足げにしていた様子とそっくりだった。

「どういうこと？」

平太が誰ともなしに聞く。それに答えたのはララだ。

「たぶんロアルの好意と私の好意がブレスレットには込められていたから、それをもとにしたこの子も父上を好いているんだと思う」

「なるほど……つまり子供がまた増えたと」

子づくりなんぞ一度もしたことがないのに、三人の子持ちになったことに平太は微妙な思いを抱く。二人も三人も変わらないので、突き放そうとは思わないが。

ミナと幼女に対抗するように困惑した平太とエラメーラの間にララは戻る。

エラメーラと平太に挟まれて上機嫌なララには未来が見えていた。

オーソンたちを含めた合同結婚パーティーの中に、ドレス姿のエラメーラがいる未来。ミレア、ロナ、パーシエもドレスを着て祝福されている。花籠《はなかご》を持ってミナや朱髪の幼女と競うように祝いの花を配っている小さな自分。気配を隠した神の姿もあった。異世界からやってきた元勇者の姿もあった。平太とミレアを祝いに来たフォルウント家の面々もいた。祝福しながらも羨《うらや》ましげなロアルの姿もあった。

多くの者が笑顔あふれる楽しそうな未来だ。

もちろんそればかりではない。堕神《おちかみ》の欠片《かけら》があちこちで事件を引き起こしている未来も見えた。ロアルと朱髪の幼女が事件に関わるところも。そしてドラゴンが帰還した未来も見えた。

そういったトラブルを平太たちが乗り越えている。

エラメーラが言ったように、皆で未来へと進んでいる。色鮮やかな未来が待ち受けている。

ララが望んだ明るい未来が、掴《つか》み取った未来がたしかに見えていたのだ。


〈完〉

ヒーロー文庫

再現《さいげん》使《つか》いは帰《かえ》りたい 6

赤雪《あかゆき》トナ

2021年4月10日　第1刷発行

発行者　前田起也

発行所　株式会社　主婦の友インフォス
〒101-0052 東京都千代田区神田小川町 3-3
電話／03-6273-7850（編集）

発売元　株式会社　主婦の友社
〒141-0021
東京都品川区上大崎 3-1-1 目黒セントラルスクエア
電話／03-5280-7551（販売）

印刷所　大日本印刷株式会社

ISBN 978-4-07-447273-4